개의 날

개의 날

카롤린 라마르슈 소설

용경식 옮김

Le Jour Du Chien

열림원

1995년 3월 20일,

E411 고속도로에서 보았던 개에게

우리가 버린 개, 가엾은 개를 나는 잊을 수 없다.
그런 개를 생전 처음 보았기에 그 충격이 더 컸다.

― 블라디미르 나보코프

차례

트럭 운전사 이야기 — *11*

천사와의 싸움 — *39*

생크림 속에 꽂혀 있는 작은 파라솔 — *71*

자전거를 타고 — *93*

별수 없음 — *117*

영원한 휴식 — *139*

옮긴이의 말 — *160*

트럭 운전사 이야기

그들은 트럭 운전사가 「가족신문」에 편지를 보낸 사실에 만
족할 것이다. 그런 일은 흔한 일이 아닐 테니까. 나는 편지에
이렇게 썼다. "저번 날, 고속도로에서, 버려진 개가 중앙분리
지대를 달려가고 있었다. 그것은 매우 위험한 일로, 치명적
인 사고를 창조해낼 수 있을 것이다." 편지를 다 쓰고 생각
해보니 '창조하다'라는 단어가 적절하지 않은 것 같았다. 그
렇지만 더 적절한 단어를 찾지 못했기 때문에 그냥 내버려두
었다. 더구나 나는 "내가 하는 일은 트럭 운전이다"라고 썼
지만, 실은 창조하는 것이 나의 일이다. 나는 또 이런 말도
썼다. 내가 이 편지를 쓰는 목적은 버려진 개의 문제기 실세

로 심각하다는 것, 내가 그런 일을 목격한 것은 이번이 처음이 아니라는 것, 그리고 사람들에게 이런 문제를 깨닫게 하기 위해서일 뿐 아니라, 내 아이들에게 트럭 운전사가 사무실에서 일하는 친구보다 더 많은 것을 본다는 것을, 비록 공부는 못했어도 할 말은 많다는 것을 알리기 위한 것임을 밝혔다. 예컨대 내가 트럭을 타고 아침마다 출발할 때, 특별히 신경 쓸 일이 따로 없기 때문에 특이한 일을 눈여겨보게 되고 그것에 관해 말하는 것이라고 썼다. 나는 내 얘기를 듣고 싶어 하는 사람을 만나면 언제든지 내가 본 일을 이야기해준다. 그러나 그런 일은 흔치 않다. 왜냐하면 사람들이 잠시 쉬었다 가는 고속도로 휴게소에서는 다들 피곤해서 서로 이야기를 나누는 경우가 거의 없기 때문이다. 더구나 나는 천성적으로 말이 많지 않은 편이기도 하다. 나는 내 아이들을 절대로 안 만난다. 다행히도 애들 엄마가 아이들을 전담하고 있다. 그것은 행운이다. 하지만 애들이 대학에 가고 내가 은퇴하게 되면, 다른 집 아이들이 대개 부모를 우습게 여기듯이 우리 아이들도 나를 깔보게 될 것이다. 그런 일이 일어나지 않게 하기 위해서라도 나는 아이들에게 뭔가 할 말이

　　　　　　　　개의 날

있어야 할 것 같다. 내가 가난한 부모를 만났기 때문에 하지 못했던 공부를 내 아이들에게는 시켰다는 이유로 그 애들이 부모를 존경할 것이라고 주장할 생각은 없다.

나는 그런 식으로 쓰고 답장을 기다렸다. 나는 신문사에 편지를 자주 쓰는 편이다. 대체로 그들은 할 말이 없을 것 같은 사람이 할 말을 가지고 있다는 사실에 매우 만족해한다. 예컨대 나는 아침에 출발할 때, 관찰자의 시선을 가지고 주변을 살펴보기 때문에, 내가 출발하는 시각에 이웃집의 지붕 밑에 있는 작은 여닫이 창문이 항상 열려 있음을 눈여겨본다. 그러고는 '저 꼭대기 방에서 자는 사람도 나처럼 일찍 일어나는구나'라고 생각한다. 그런데 하루는 그 창문의 바깥쪽 지붕 위에 베갯잇이 널려 있었다. 그래서 나는 간밤에 누군가가 베갯잇을 적셨거나 어린애가 토해서 더럽혔나보다 추측한다. 어린애에 생각이 미치자, 문득 내 아이들이 생각난다. 사람이라면 누구나 그렇듯이 아이들도 때에 따라서 잔병치레를 하는데, 그 이유는 주로 과식을 했거나 학교에 가기 싫어서인 것 같다. 후자의 경우, 사람들은 아이를 이해해준다.

그러고 보니, 한 가지 새로운 생각이 떠올라서, 나는 『현대여성』이라는 잡지에 또 투고를 한다. 예컨대 내 아이가 매일 아침 학교에 가기 전에 구토를 하는데 어쩌면 좋은가 하는 내용이다. 내 아내는 감히 아무에게도 말을 못 꺼내고 있지만, 나는 용기를 내서 글을 쓰고 그들의 답장을 기다린다. 그러면 그들은 매우 만족스러워하면서 답장을 보내준다. 우리 아이의 학교에 아마도 심리상담사가 있을 테니까 그에게 조언을 구해보거나 아니면 가족 간의 대화 부족 때문에 어려움—그들은 당신이 죄의식을 느낄 위험이 없는 단어를 골라서 쓴다—이 생겼을 테니, 그 어려움에 관해 이야기하도록 아이를 유도해보아야 할 것이라고 그들은 말한다. 그리고 아이에게 말을 시킬 때는, 내가 먼저 나의 하루 일과를, 즉 내가 트럭에서 본 모든 일을 이야기해주라는 것이다. 지붕에 널어놓은 베갯잇 같은 것은 아주 좋은 소재가 된다고 한다. 그들은 내가 관찰력이 뛰어나다고 칭찬하면서 그것을 잘 활용하라고 한다. 그러니까 그 베갯잇 이야기를 아이에게 해주고 아이가 어떻게 생각하는지를 물으라는 것이다. 혹시 그 집에도 학교 가기 전에 구토하는 어린 소년이 있다

개의 날

고 생각하는지, 그렇다면 그 이유가 무엇인지를 물어보라고 한다. 그러면 당신의 자녀는 타인의 삶을 상상하면서—그들이 내게 보낸 답장에 쓴 단어가 바로 이 단어다— 자신에 관한 이야기도 할 것이라고 말했다. 그리고 당신은 트럭 운전 외에도 '부모로서의 일'을 해야 할 것이라고 했다. 그들은 부모 노릇을 '일'이라고 썼다. 아마도 내가 '내가 하는 일'이라는 표현을 썼기 때문일 것이다. 부모가 되는 것은 어쩌면 일거리를 갖는 것이지, 넥타이 매고 양복 입고 반짝이는 구두를 신어야 하는 '직업'을 갖는 것은 아닐 것이다.

모든 것이 다 '일'이라고 할 수도 있다. 나는 아이들을 데리고 있지 않고 아내는 떠났기 때문에, 나에게는 창조하는 것조차도 일이다. 어쩌면 그 개도 내가 창조해낸 것이라 할 수 있기 때문에, 나는 트럭을 세우고 운전석에서 내려서 사람들에게 큰 몸짓으로 속도를 늦추라는 신호를 보냈다. 그들은 시속 백이십 내지 백사십 킬로미터로 달려오다가 순순히 속도를 줄였다. 그들은 무슨 사고라도 났는 줄 알았나 보다. 더구나 그들은 트럭 운전사들이 트럭에 타고 있거나 트럭 옆에 있을 때 트럭 운전사들을 존중한다. 따라서 그늘은 개라고 상상하든, 아니면 사고라고 생각하든 간에 속도를 늦췄다. 그러나 나는 중앙분리지대를 따라 미친 듯이 달려가는 개를 분명히 보았다. 그것은 지붕 위에서 본 베갯잇처럼 하나의 관찰이었을 뿐이다. 그리고 나는 멈춰야 한다고 생각했기 때문에 트럭을 세웠던 것이다. 차량의 물결은 나 때문에 늦춰졌고, 평소에는 너무 빨리 달려서 볼 수 없었던 운전자들의 얼굴을 알아볼 수 있었다. 그 얼굴들은 놀란 표정으로 나를 바라보았고, 어떤 이는 내게 고맙다는 동작을 해보이는가 하면 어떤 이는 차창을 내리고 무슨 일이냐고 묻기도 했다. 나는 일일이 다 대답해줄 수 없었지만, "개요!"라고 말했다. "개요!"라고 처음 소리친 순간, 나는 갑자기 많은 사람 앞에서 울거나, 땅에 주저앉거나, 자동차들 바퀴 밑으로 기어 들어가고 싶은 심정이었다.

이것이 바로 내가 「가족신문」에 편지를 쓴 이유다. 즉, 사람들 앞에서 울고 싶었던 심정 때문이다. 이때 나는 나의 아이들—그들이 존재하지 않는다 할지라도—에 관해, 그리고 개 이야기를 들은 그들이 얼마나 슬퍼할지에 관해 말해야 한다고 생각했다. 그리고 내가 세상 사람들에게 꼭 말하고 싶었던 것은, 동물 학대는 곧 노예제도의 권장으로 이어지고, 그것은 개와 말과 암소와 병아리가 노예를 대체한 것일 뿐이라고 할 만큼 매우 심각한 문제라는 사실이다. 나는 그 문제에 관해 「클레르나튀르」에 글을 쓸 것이다. 나는 채식주의자가 되었는데, 그것은 내가 겨우 고기 몇 덩이를 사러 렝지스에 가기 위해 새벽 한 시에 출발한 때부터였다. 「클레르나튀르」의 독자들은 그곳은 고기 창고라는 것을 알아야 하고, 또 그곳은 도살장임을 알아야 한다. 손님을 끌어모으기 위해서 정면에는 작은 정육점들이 즐비하고, 거기에서 사람들은 '쉐리제트'나 '오봉비프텍'에서처럼 그 도시에서 제일 신선하고 가장 맛있는 돼지고기를 최고로 싼 가격에 살 수 있다. 그런데 뒤로 들어가보면, 마당이 있고, 거기에서 마치 최후의 친족 모임이라도 갖는 것처럼 가축들은 여러 가지 울음소리를 낸다. 트럭에서 막 내린 나는 다리에 힘이 풀리고 시선을 어디에 두어야 할지 몰랐다. 한쪽 구석에는 김이 모락모락 나는 내장 더미가 쌓여 있다. 거기에서부터 어떤 가축들의 눈빛은 변하기 시작했고 어떤 가축은 땅에 붙어버린 것처럼 꼼짝을 않고 있었다. 그래서 그것들을 앞으로

나아가게 하기 위해서는 긴 꼬챙이로 몸통을 찔러대야만 한
다. 그다음에 있는 것은 죽음의 통로다. 그곳은 너무 좁아서,
한 번에 한 마리씩밖에 지나갈 수 없을 정도다. 양쪽이 벽으
로 막혀 있고, 사람들은 채찍을 휘둘러서 가축이 빨리 그곳
을 통과하도록 독촉한다. 송아지들이 가장 미쳐 날뛴다. 그
것들은 몇 달씩이나 꼼짝 못 하게 가둬 키운 것들이다. 왜냐
하면 그렇게 해야 가장 연하고 하얀 살코기를 얻을 수 있기
때문이다. 그런데 이 죽음의 통로에서 그들의 짧은 일생 중
처음이자 마지막으로 달릴 기회가 주어지는 것이다. 나는
송아지들이 믿을 수 없을 정도로 높이 점프하고, 벽에 격렬
하게 부딪는 것을 보았다. 이 통통한 짐승들은 부드러운 고
기가 되기 위해서 코앞에 놓인 우유만 마시면서 운동을 모
르고 살았다. 고작 하는 일이란 이웃 칸에 있는 송아지의 코
를 엄마의 젖퉁이인 양 핥기 위해 애쓰는 것뿐이었다. 죽음
의 통로는 외양간처럼 어둡지만, 이곳에서는 눈들이 번쩍인
다. 가축들의 눈이든 사람의 눈이든 모두 한 줄기 빛을 내뿜
고 있다. 그 빛은 바로 도살하는 곳에서 새어 들어오는 빛이
다. 나는 도살장까지 들어가지 않았다. 그 통로에서 이미 가

개의 날

축들은 모든 게 끝이라는 사실을 안다는 것을 나는 쉽게 깨달을 수 있었다. 그들의 눈에는 베갯잇 위의 토사물처럼 명백하게 죽음이 새겨져 있었다. 그것은 그들을 관찰하는 것만으로도 충분히 알 수 있었다. 그러나 도살자들은 그런 사실을 눈여겨보지 않는다. 절대로. 그렇지만 거기에는 예상치 않았던 자녀들을 둔 사람들도 있을 것이다. 그들은 착한 아내와 함께 자녀들을 만들었을 것이고, 자녀들은 부모를 착취해서라도 대학에 가고 싶어 하겠지만 언젠가는 채식주의자가 되지 않을 수 없을 것이다.

나의 경우, 부모가 나를 버렸다. 어떤 의미에서는 차라리 잘된 일인지도 모른다. 내가 말하고자 하는 것은, 내가 『아도』나 『틴스』 같은 청소년 잡지에 나오는 아이들처럼 그렇게 불행한 아이였다고 쓸 생각은 없다는 뜻이다. 왠지 모르지만, 나는 그런 잡지들에서는 할 말도 없고 창조해낼 것도 없다. 나는 거기에서 다만 젊은 애들의 불평을 읽기만 한다. 예컨대 그들은 부모가 그들에게 담배를 피우게 내버려두지 않고, 외출도 못 하게 하고, 학교를 그만두지도 못하게 하고, 자동차를 사주지 않고, 여자친구와 밤을 새는 것을 못 하게 한나고 불평한다. 나는 그들에게 편지를 쓸까 생각했지만, "난 말이야, 부모가 날 버렸단다"라는 말밖에 달리 할 말이 없었다. 그걸로 충분하다. 일단 그렇게 되면 무슨 문제가 있을까? 아무런 문제가 없다. 그뿐이다. 당신은 우측 차선을 따라간다. 마치 그 개가 어떤 자동차를 따라 달리는 것처럼. 그런데 그가 쫓아가기에는 너무 빨라서 시야에서 사라진 그 자동차에서 개가 차창 밖으로 내던져지는 것을 아무도 보지 못했기 때문에, 아무도 그 차를 손가락질할 수 없다. 사람들은 당신을 부르기 위해, 당신을 구속하기 위해, 그리고 당신을 밖에 버린 사람들을 대신해서 당신의 비위를 맞춰주기 위해 소리친다. 그러나 그들은 그 자취를, 아직은 남아 있지만 곧 따라가기 힘들어질 달아나버린 자동차의 자취를 따라가는 것으로 만족한다. 그러나 그것은 아무것도 아니며, 당연한 일이다. 사람들은 방향을 틀어, 가던 길을 계속 간다. 이런 종류의 고정관념은 세상 사람들의 어떤 정신상태보다도 더 단순하다. 아무런 생각이 없는 것이다. 브뤼셀에서 파리까지 고속도로를 달리는 트럭 운전사처럼 생각이 필요없다. 그는 앞만 보고 곧장 가면 된다. 그 길 끝에는 죽은 고기가 산더미같이 쌓여 있다. 피도 더 이상 흐르지 않고, 다만 붉은 색, 분홍색, 흰색의 차가운 고깃덩이들. 그것을 보면 주저 없이 채식주의자가 될 것이다. 그리고 다시는 그 생각을 바꾸지 않을 것이다. 어떤 의미에서, 뒤로 되돌아가지 않는 것, 죽으러 가는 짐승의 눈을 더 이상 보지 않는 것, 책임을 회피하는 것, 정직하고 가벼워지는 것은 쉽다. 그리고 신문들은 그런 것을 좋아한다. 그래서 가볍고 정직한 채식주의자이며, 버려진 동물들에 관해서, 그리고 그런 일이 다시는 일어나지 않도록 교육을 시켜야 하는 아이들에 관해서 글쓰기를 멈추지 않는 트럭 운전사 같은 사람을 좋아한다.

이따금 나는 과일과 채소 속에서 일한다. 주로 파리와 브뤼셀을 오가며 이따금 네덜란드에 가기도 한다. 내가 처음으로 체리토마토를 운반했을 때의 일이다. 그들이 나를 네덜란드 국경에서 세웠다. 그들은 그런 것을 한 번도 본 적이 없었다. 그들이 가지고 있는 목록에 나와 있지 않았으므로 그들은 당황했다. 이것을 과일로 분류해야 할지 채소로 분류해야 할지, 토마토라고 해야 할지 체리라고 해야 할지 판단을 못 했던 것이다. 당황한 세관원을 보고 있자니 너무 우스웠다. 그들은 어찌할 바를 모르고 렝지스에만 있고 북부 지방에는 없는 새로 나타난 트럭 때문에 사람들을 모두 기다리게 만들었다. 신문들도 비슷하다. 그들은 과일―채소나 잡종트럭 같은 나를 어떻게 분류해야 할지 잘 모른다. 그러나 그것은 감동적이다. 어떤 잡지의 '마음'이라는 표제에 등장한 트럭 운전사는 강하면서도 약하다. 『애정』의 기자는 그런 표현을 썼다. 나는 그 잡지에서 내가 무척 사랑하는, 새빨간 입술에 금발 미인인 내 아내와의 문제에 관해 이야기했다. 아내에게 성실한 트럭 운전사란 신기한 존재다. 기자는 틀림없이 그렇게 생각했던 것 같다. 그래서 그녀는 내 심정을 토로한 편지에 답장을 쓴 후 다시 전화까지 해주었던 것이다. 그녀는 직업에 관해 인터뷰를 하고자 했고, 나는 할 얘기가 많았으므로 굳이 체면 차리고 사양할 필요가 없었다. 나는 그녀의 제안을 받아들였지만 내 집에서는 하지 않겠다고 했다. 왜냐하면 내 아내는 감수성이 너무 예민한 사람이라서 당신 같은 친절한 기자가 나의 사생활에 관해 인터뷰하러 오는 것을 좋아하지 않을 것이기 때문이라고 변명했다. 트럭, 그것은 진정으로 내 사생활이므로, 그 기사는 독자의 편지란에 내 이름을 밝히지 않고, 다만 '어떤 트럭 운전사의 이야기'라는 제목으로 실려야 한다. 개 이야기를 하기 위해 '부모의 일'이라는 제목을 써서 사람들의 눈을, 그것도 선량한 부모들의 눈을 끌었던 것처럼. 선량한 부모라고 말한 이유는, 그렇지 못한 부모들, 즉 자식이나 개를 버리는 부모들이 이런 기사를 읽을지 어떨지 모르기 때문이다.

기자는 차라리 어떤 카페에서 만나자고 제안했다. "당신이 평소에 잘 가는 장소"로 하자고 그녀는 제안했다. 나는 그녀가 트럭 운전사의 생활 중 독특한 면을 포착해서 자신의 잡지에 적나라하게 쓰려 했다고 생각한다. 그래서 나는 대로변에 있는 자동차 여행자들을 위한 음식점을 제안했는데, 그날 마침 그 개 사건이 생길 줄 누가 알았겠는가. 생각해보면, 아마도 내가 개 때문에 멈춰선 사람들 앞에서 울고 싶어졌던 것은 그 기자 때문이었는지도 모른다.

나는 제시간에 도착했고 그녀는 좀 늦게 왔지만 그야 뭐 여자니까 당연하다. 미인이다. 서른 살? 아니 그보다 더 적을 것 같기도 하고, 잘 모른다. 나는 이제 여자들의 나이를 알아맞히는 일은 더 이상 하지 않았다. 제르멘이 나와 함께 살 때에 그녀는 담배를 피워대고 머리를 염색했기 때문인지 실제 나이보다 훨씬 더 늙어 보였다. 새로 나는 머리칼은 검은색, 나머지는 옅은 갈색이고 드문드문 붉은색이 섞여 있었다. 그런데 이 기자는 음식에 신경을 쓰고 담배를 피우지 않는 것 같았다. 아니, 적어도 나와 함께 있는 동안에는 담배를 피우지 않았다. 나는 그녀를 은밀하게 관찰했다. 그녀의 머리는 짧고 검은색이며 전혀 염색의 흔적이 없고, 화장은 가볍게 했으며 청바지와 맞춤 재킷을 입고 있었다. 그 재킷은 청바지에 비해 너무 고급스러웠고, 아래에 받쳐 입은 티셔츠는 가장자리에 레이스 장식이 붙어 있었다. 나는 그녀의 눈을 보았다. 가축들의 눈처럼 역시 검은색인데, 암소의 눈도 아니고 양의 눈도 아니었다. 그보다 훨씬 더 강렬하면서도 부드러운 눈이었다. 갑자기 나는 상대방의 시선을 느꼈고, 이런 경우에 항상 그러듯이 나는 자신을 돌아보았다. 그것은 인간의 시선이든 동물의 시선이든 마찬가지다. 나를 돌아보게 하는 시선이 있는데, 그런 시선은 나를 흥분시킴과 동시에 나에게 두려움을 준다. 나는 보통 상식적으로 생각하는 트럭 운전사에 비해 몸집이 가냘픈 편이기 때문이다. 나는 그것을 부끄럽게 여기지 않지만, 이따금 그런 나를 부끄럽게 여기는 사람들이 있다. 예를 들면 제르멘이 그랬다. 그녀는 나를 쳐다보려고도 하지 않았다. 그녀는 자신의 푸들에게만 눈길을 주었다. 그 푸들은 개라고 부를 수 없었다. 마치 어떤 남자나 여자에게 사람이라고 부를 수 없듯이, 아니, 적어도 그렇게 부르기를 삼가야 하듯이. 그 개구쟁이 녀석은 분명 개가 아니었다. 사기꾼이다. 제르멘의 봉급을 바닥내는 기둥서방이다. 그녀는 녀석의 겨울 외투를 사고, 과자를 사고, 가축병원에 데려가고 방울 달린 끈을 산다. 그놈은 또 벼룩자루다. 양탄자에 벼룩을 뿌리고 다니는가 하면, 밤새도록 우리 침대 위에서 자기 몸을 긁어댄다. 그 메마른 마찰음 때문에, 나는 꿈속에서 고속도로를 달리다가 트럭에서 나는 이상음으로 착각을 하고 트럭을 세우고 잘 움직이지 않는 다리를 질질 끌며 그 소리의 원인을 찾아내려 백방으로 애를 쓰지만, 결국 찾아내지 못한다. 프리퐁은 내 꿈속에 있지 않고 깃털 요 위에 있으니까.

　　나는 기자에게 제르멘에 관해서는 말하지 않았다. 왜냐하면 제르멘은 우리의 저금통장을 가지고 프리퐁과 떠나버렸기 때문이다. 나는 아내와 아이들에 관해서 말했지만, 그 말을 뒷받침해주는 증거도 필요했다. 왜냐하면 미인인 기자의 동물적 시선 아래 한 아내와 몇 명의 아이들을 창조해내는 것은 어떤 잡지에 투고하기 위해 글로 창조해내는 것과는 다른 문제였기 때문이다. 그래서 나는 바지를 걷어 올리고 붉은 반점이 있는 장딴지를 보여주었다. "우리 가족이 모두 동물을 사랑한다는 증거죠." 나는 그렇게 말했다. 기자는 놀란 표정으로, 방사형으로 뻗어나간 속눈썹을 치켜뜨며 나를 바라보았다. 나는 간결하게 덧붙여 말했다. "벼룩한테 물린 자국이죠. 우리 집은 고양이들의 천국이랍니다." 나는 "고양이들"이라고 말했다. 왜냐하면 벼룩 이야기를 하려고 프리퐁을 끌어들일 필요는 없기 때문이다. 프리퐁을 등장시켰다가 줄줄이 끌려 들어가는 것은 피해야 했다. 그래서 나는 아내처럼 온순한 아내의 고양이를, 그리고 아이들 각각에 한 마리씩 아이들의 고양이를 창조해냈다. 나는 고양이들을 한 마리씩 묘사하기 시작했다. 내 아이들을 상상할 시간을 벌기 위한 이야기들이었다. 나는 그 고양이들은 모두 우연히 우리 집에 굴러든 버려진 고양이들이며, 그것들이 비참한 생활을 잊도록 침대에서 자게 내버려두었더니 무척 고마워하더라는 이야기를 했다. 그래서 벼룩에게 물렸다고, 제르멘이 내게 남겨준 유일한 추억은 그 벼룩들뿐이며, 나는 집에서 텔레비전을 보거나 식사를 하기 위해 앉아 있을 때마다 벼룩에게 다리를 물리지 않을 수 없었다는 것은 말하지 않았다.

고속도로의 그 개는 틀림없이 침대에서 자지 않았을 것이다. 침대에서 재우던 개를 버렸을 리는 없기 때문이다. 그 놈은 아마도 집 밖에 있는 짚더미나 개집에서 잤을 것이다. 어쩌면 철조망으로 된 울타리 안에서 지나가는 사람을 보고 짖어대고, 집주인을 보호한다는 구실로 손님들을 난처하게 만드는 용도로만 쓰였을 것이다. 나도 잘은 모르지만. 나는 이 개가 고속도로에 버려지기 전에 어떤 개였을지를 상상해보려 했지만, 잘되지 않았다. 그것은 한 인생을 꾸며내는 것보다 더 어렵다. 그 개는 내가 알지 못하는 존재이며, 상상 속의 삶이 아닌 실제의 어떤 삶을 살아왔다. 아마도 그런 이유 때문에 내가 그 녀석이 버려지기 전에 어떻게 살아왔는지를 꾸며낼 수 없는 것인지도 모른다.

"그라스마이르 씨와 그의 아들이 눈 덮인 들판에서 고

풍스러운 사륜마차를 타고 산책하기 위해서는……" 이런 글이 치과에서 본 『사는기술』이란 잡지에 나왔다. 거기에는 오스트리아에 대한 페이지가 있었다. 그곳 사람들은 크리스마스를 어떻게 보내는가? 따뜻한 포도주를 마시고, 튀김을 먹고, 관광객들에게 사륜마차 관광상품이나 크리스마스 기념품들을 팔면서 지낸다. 그라스마이르 씨의 사진이 그 페이지 오른쪽 구석에 나와 있었다. 그는 어깨가 딱 벌어진 사나이이며, 불그레한 뺨, 새카만 콧수염, 그리고 그 콧수염은 구레나룻과 이어지면서 새하얀 치아를 둘러싸고 있었다. 그라스마이르 씨는 미소 짓고 있었다. 머리에는 펠트 모자를 쓰고, 전나무 색깔의 깃과 구리 단추가 달린 잿빛 재킷을 입고 있는 그의 옆에는 한 소년이 있다. 소년의 뺨은 그보다 더 붉고, 녹색 솔기만 빼고는 그와 똑같은 잿빛 재킷을 입고, 똑같은 펠트 모자를 쓰고 있었는데, 그 모자는 아이의 머리보다 무척 커 보였다. 소년은 아코디언을 연주하고 있었다. 그의 입이 벌어져 있는 것으로 보아, 그는 노래를 부르고 있는 것 같았다. 나는 왜, 사진 설명에 나온 것처럼, "아들이 옆에서 아코디언을 연주하는 동안 네 마리의 말을 훌륭하게 몰고 가는" 그라스마이르 씨가 될 수 없는지 자문해본다. 나는 "훌륭하게"라는 단어를 기억한다. 나는 그의 자세가 버려지지 않은 사람, 예컨대 손에 멋진 채찍을 든 아버지가 곁에 있는 그런 사람들의 행동과 꼭 들어맞는다는 것과 말들의 숨결이 티롤 지역의 맑은 공기 속으로 퍼져나가고 있다는 생각을 한다. 내가 아버지와 함께 아코디언 연주를 배웠다면, 또는 단지, 내 노래가 아버지에게 손님을 끌어모을 수 있다는 것을 알고서 아버지 곁에서 노래를 부를 수만 있었어도, 어떤 가족 이야기를 꾸며내서 신문사에 투고할 필요는 없었을 것 같다. 나는 트럭을 몰고 고속도로를 달릴 때, 그라스마이르 씨와 그의 아들을 종종 생각한다. 나는 결코 내 아버지를 생각하지 않으며, 앞으로도 절대로 생각하지 않을 것이다. 생각해봤자 아무 소용 없을 테니까.

"마드모아젤? 아니면 마담?" 내가 물었다. 기자는 미소 지으면서 "마드모아젤"이라고 했다. 그 말에 나는 "마드모아젤, 제가 당신의 보디가드가 되면⋯⋯"이라고 말할 뻔했다. 그리고 나는 그녀를 바라보았다. 트럭 운전사로서도 너무 약해 보이는 내가 그토록 아름다운 아가씨의 보디기

드라니…… 나는 아무 말도 하지 않았지만, 이런 생각을 했다. '마드모아젤, 제가 당신의 노후의 기둥이 되어드리겠습니다.' 나는 정말로 그런 생각을 했다. 나는 그녀의 잔주름과 눈가에 지는 달무리를 두려움 없이 지켜볼 수 있는 지상의 유일한 남자일 것이며, 그녀가 은발이 되어도 사랑해줄 유일한 사람이 될 것이라는 생각을 했다. 사람들은 '희끗희끗해진 머리칼'이라는 것은 너무 끔찍한 표현이라서, '은발'이라는 표현을 쓴다. '그리종(머리가 희끗희끗한 남자)'처럼 '그리존(그리종의 여성형)'이라는 명사도 쓰는데, 그것은 눈 덮인 산을 연상시킨다. 그리고 잿빛 머리칼을 가진 여자들은 다 그리존이 될 것이다. 그것은 매우 자연스럽고도 아름다운 장애물이다. '머리가 희끗희끗해진 여자'라는 말은 좀 우습다. 그래서 나는 은발을 생각했지만 거기에 관해서는 그녀에게 아무 말도 하지 않았다.

그녀는 초조해하며 먼저 말을 꺼냈다. "제게 하고 싶은 말이 있으세요? 당신의 직업에 관해 얘기해주기로 하셨는데……" 그녀는 펜과 수첩을 꺼내 들었다. 나는 말했다. "마드모아젤, 제 직업은 외로운 직업입니다." 그리고 나는 입을 다물었다. 내 생각에는 할 말을 다 한 것 같았다. 바로 그 순간, 나는 개 주인이 개를 고속도로와 주차장에 버리기 위해 차에 실었을 것이라는 생각을 하고 있었다. 개 주인은 차 위에 스키를 싣고, 뒤 트렁크에는 여행 가방을 실었으리라. 계기반 위에는 찾아갈 아가씨의 주소를 적어놓았을 것이고, 그는 술집에서 만난 그 아가씨에 대해 아는 바가 거의 없지만, 예쁜 유방과 통통한 엉덩이를 가진 여자이기 때문에, 그녀를 데리고 겨울 스포츠를 즐기러 갈 결심을 했을 것이다. 그녀는 또 제르멘처럼 염색을 잘해서 완전히 금발을 하고, 옷인지 넝마인지 모를 원피스를 입었겠지. 그리고 그는 개를 차에 실었다. 아가씨의 커다란 엉덩이가 차지할 자리에 앉아 있는 개를 버린 후, 시트커버는 벗겨버릴 것이다. 개는 그것을 알고 있었다. 개들은 암소나 말들처럼 모든 것을 다 안다. 개는 몸을 떨고 신음을 내면서 주인을 바라보았을 것이다.

"외로운……" 그녀는 펜을 든 채 말했다. "당신은 아무도 만나지 못한다는 뜻입니까? 당신의…… 운전석 칸막이 안에 홀로 있으니까…… 그런가요?" 나는 그렇기는 하지만 사람이 혼자 있을 때에는 많은 것을 생각하고, 예컨대 백발

노인 따위를 상상할 수 있기 때문에 별 어려움은 없다고 말했다. 그녀는 아주 구미가 당긴다는 표정으로 나를 바라보았다. "눈 덮인 산이라든가……" 나는 덧붙였다. "고속도로의 단조로움과 당신 직업상의 외로움이 당신에게 산을 생각나게 한다는 말씀이신가요?" 나는 그렇다고 대답했다. 그리고 또 나는 흰 머리칼이 한 가닥도 없는, 기자의 까마귀처럼 새카만 머리칼을 바라보면서, 그라스마이르 씨와 아코디언을 연주하는 아들에 관한 이야기를 했다.

나는 오래 달릴 때 머릿속에 여러 가지 영상을 담고 있는 게 사실이다. 그래서 일단 고속도로에 들어서면 주변 경치를 더 이상 보지 못한다. 그런데 내가 개를 보았다고 믿었던 바로 그 순간에는 보통 때와 달랐다. 그때 나는 어떤 섬광 속에서 마치 이른 아침 참신한 시선으로 막 출발했을 때처럼 내 주변의 세부적인 것들도 함께 볼 수 있었다. 삼월 어느 날 오후 다섯 시쯤이었다고 기억한다. 나는 그날이 우윳빛 햇살이 비치는 화창한 봄 날씨라는 것 외에는 아무 생각도 없었다. 더구나 한바탕 소나기가 온 뒤였다. 그런 때 사람들은 하늘이 꽃가루 구름을 통해서 땅을 내려다본다고 말한

개의 날

다. 그러나 꽃가루가 날리기에는 아직 이른 계절이었고, 공기는 맑아서 일 년 중 그 어느 때보다도 투명하고 부드러웠다. 이따금 나는 아직 닫혀 있는 꽃눈을 상상하는데, 그것이 피기도 전에 벌써 우윳빛 햇살을 뿜어내며 자연과 동화하고 있는 것이다. 그날의 특별한 경험에는 어쩌면 다른 이유가 있었는지도 모른다. 고속도로 한복판에 있는 잔디밭에서 꽃을 피우고 있는 아가위나무 때문이었는지도 모른다. 그러나 이렇게 흔히 볼 수 있는 덤불이 다른 어떤 곳에서도 나오지 않는 이런 신비한 빛에 관한 유일한 설명이라면 놀라운 일이다. 나는 도로에 차들이 많았던 것으로 기억하지만, 시속 백이십 킬로미터로 달릴 수 있을 정도였고, 만일 그 개가 길을 건너거나 개가 아닌 무엇이 길을 건넜더라도 연쇄충돌은 불가피했을 것이고, 그 속도였다면 틀림없이 사망자를 내는 사고가 되었을 것이다. 그렇지만, 자전거를 탄 미친 사람이 도로를 가로질러 가는 것 같았다. 나는 그에게 고속도로에서 자전거를 타고 무슨 짓을 하는 거냐고 물어볼 틈이 없었다. 더구나 그가 넘어지면서 옆에 주저앉았는데 무릎이 피범벅이었다. 그는 "개가 길을 건넜어요. 개가 길을 건넜어요!"

라고 같은 말만 되풀이했다. 나는 그 순간 개가 정말로 차선을 바꾸는지 아닌지 보기 위해 다른 곳으로 시선을 돌렸다. 개는 무섭게 빠르고 악의적이었음에 틀림없었는데, 사고가 나지 않았던 것은 기적이다.

그날 오후, 나는 모든 것을 다 보았다. 어쩌면 내가 방금 기자와 헤어졌기 때문에, 그리고 아무런 상상도 하고 싶지 않거나 라디오 라셀을 켜고 싶지 않았기 때문인 것 같다. 나는 아무 생각도 하고 싶지 않고 손쉽게 낯선 땅에 온 기분을 맛보고 싶을 때는 종종 라디오를 켠다. 그들은 아주 멋진 민요를 가지고 있고, 푸림, 페샤, 샤바…… 따위의 이상한 단어들을 말한다. 그들은 유태인 학교에 다니는 젊은이들을 인터뷰한다. 그 학교는 다른 모든 학교와 똑같은 프로그램을 가지고 있고, 일반적인 학위과정을 가지고 있지만, 무언가 다른 점이 있는 게 틀림없다. 왜냐하면 그곳에 다니는 젊은이들은 종교에 관해 말하는 것을 두려워하지 않기 때문이다. 그들은 단호하게 그리고 일종의 만족감까지 가지고 말하는데, 그것이 다른 방송국들의 바보짓을 바꿔놓는다. 제르멘은 집에서 그린 바보스러운 방송을 매일 아침 듣는다.

하루의 운세, 아름다워지는 비법, 광고, 그리고 나보다도 정치에 대해 잘 모르는 길 가는 사람을 붙잡고 정치에 관해 물어보기 따위가 이어진다. 그런 멍청한 사람은 자기 집 정원의 끝까지밖에 볼 줄 모르고, 그나마 정원도 못 가진 사람은 자기 발끝까지밖에 못 보는 인간이다. 라디오 라셀의 볼륨을 높이면, 그것은 파도 위의 우윳빛 광선처럼 꽃봉오리의 빛을 발한다. 내게 아이들이 있다면, 그들이 유태인이면 좋겠다. 왜냐하면 단지 지성 때문에. 이따금 그들이, 며칠 전 유태교 율법박사가 말한 것처럼, "유태인배척주의는 우리의 문제가 아니다, 그것은 다른 사람들의 문제다"라는 식으로 이상한 말을 하더라도. 그것은 마치 내가 카펫에 있는 벼룩들이 내 문제가 아니라 제르멘의 문제라고 말하는 것과 같다. 그동안 나는 계속해서 벼룩에게 물린다.

나는 「가족신문」에 개에 관해 썼다. 그것은 우리 사회에서 사는 동물들의 운명에 관한 중요한 논쟁이므로, 그들은 내게 답장을 보내올 것이다, 틀림없이. 내 편지가 신문에 나오면, 나는 그것을 검은 머리의 기자에게 한 부 보낼 작정이다. 이 이야기의 처음부터 여기까지, 그녀는 『애정』에 나에 관해 쓸 것이다. 내가 꽃봉오리가 내뿜는 신비한 빛 속에 달려가고 있는 버려진 개를 잊지 못하듯이. 그녀는 나를 영원히 잊지 못할 것이다. 나는 그녀에게 환상이고, 그녀는 나에게 환상이다. 그것은 의심의 여지가 없다. 그러나 그것은 푸림(유태인들이 봄에 하는 축제)이나 이른 봄의 젖빛 햇살처럼 오래 지속될 것이다. 나는 도살장의 피 대신에, 내 트럭에서 매일매일 이 빛을 마셔야 할 것이다.

개의 날

천사와의 싸움

내가 그 개에 대해 아직 꿈을 꾸지 않았다는 것은 이상한 일이다. 그 개가 미친 듯이 질주하는 모습은 매일 내 머릿속에 살아 있는데도. 내가 꿈을 더 이상 기억하지 못하는 것도 사실이다. 내가 젊은 사제였을 때는 꿈 때문에 잠을 깨고 꿈에 대해 생각하고서야 하루 일과를 시작하고는 했다. 오늘, 전화벨이 점점 빨리 울린다. 목관절에 이상이 오고, 등이 굽고…… 나는 오래지 않아 육십이다. 나는 다섯 개의 교구와 네 개의 재산관리위원회와 세 개의 소교구단체, 그리고 환자들을 돕는 두 개의 단체를 관리하고 있다.

성서의 이야기 중 내게 가장 소중한 이야기는 천사와 야곱의 싸움에 관한 것이다. 의심이 생기면, 나는 그것이 내 천직의 비밀을 간직하고 있기라도 한 것처럼 의지하게 된다. 그것을 읽을 적마다 나는 그 인간에 대해 새로운 면을 보게 된다. 그는 밤마다 자신을 추월하는 싸움에 몰두하고, 신이 바꿔준 자신의 이름에 맞는 권리를 그가 살아 있는 동안에 되찾으려 애쓴다. "이제부터 너를 야곱이라 부르지 않고 이스라엘이라 부르겠다. 왜냐하면 너는 신과 싸우고 인간과 싸웠고, 따라서 네가 누구보다 강자이기 때문이다"라고 신은 그에게 말했다.

내 정신과 육신은 인간으로서의 여러 가지 유혹과 싸웠다. 한편 내 마음은 빛을 잃고, 나무들이 자신의 차가운 수액을 간직하고 있는 것처럼, "주여, 내 이름은 무엇입니까?"라는 기도를 간직하고 있었다.

나는 이제 그것을 알았다. 지난 월요일에 고속도로에서 개를 본 순간, 나를 기다리는 이름이 섬광처럼 내 머리에 떠올랐다. 미친 개, 길 잃은 개, 질주하는 개, 뒤쫓고 있는 죽음, 그것이 바로 나다.

개의 날

나는 오늘, 야곱은 천사에 의해 '사타구니의 근육'에 상처를 입었다고 적는다. 그것은 남근에 직접적인 타격을 받았음을 의미하는 완곡한 표현이다. 신을 섬기기 위해서는 성적으로 무능해져야 했던 것처럼, 원래의 이름을 다른 이름으로 바꿔 쓰지 않으면 두 배로 무능해진다. 나는 사제이지 수도승은 아니다. 그래서 나는 이름을 바꾸지 않았고, 신의 은총을 통한 마음의 평화를 받아들일 때 상처만 인정하고 은혜는 인정하지 않았다. 수도원은 교회의 마지막 보루다. 교구의 문들만큼이나 활짝 개방해놓았다고는 하지만, 수도원은 수도의 맹세를 하면서 이름을 바꾼 남녀들의 피난처다. 우리 같은 교구의 사제들은 우리의 설교를 들으러 오는 신도들처럼 한 가지 이름만 갖고 있다. 이름은 일단 신앙심이 없는 부모가 지어준 뒤, 그들 자신이 가지고 싶은 이름은 세례명으로 갖게 된다. 그래서 나는 장이 되었는데, 장은 원래 최후의 만찬이 있던 저녁에 그리스도의 가슴에 머리를 묻었던 사랑받는 사도였다. 나의 신도들에게 나는 장 신부 또는 그냥 신부님이다. 그러나 교회에 와서 내 앞에 앉을 때 나의 형제가 되어주는 사람들과 달리, 신은 내게서 정력을 빼앗아갔다.

나는 정력을 신에게 바쳤고, 여자를 알지 못했다. 여기서 '여자를 안다'는 것은 물론 성경에서 '안다'라는 의미, 즉 세속적 욕망을 따르는 것을 의미한다.

소피는 미사에 오지 않았다. 삼십 년 전 그녀가 막 태어났을 때에는 다른 모든 사람과 마찬가지로 교회에 왔을 것이다. 그 시절에는 그것이 당연한 일이었다. 일요일은 내가 밀입국자 안내인이 되는 날이었고, 그것은 또한 한 지역 전체에 시간의 기본단위가 되었다. 대림절에서 성탄절까지, 사순절에서 유월절까지, 맥추절에서 성모몽소승천 대축일까지. 우리 교회에서는 덕망 있는 사람, 속물 근성이 있는 사람들이 나를 둘러싸고 있었다. 그리스도가 아주 싫어했던 사람들, 즉 비열한 사람들, 평범하고 미지근한 사람들도 있었다. 오늘날, 미온적인 사람들은 외로워지고, 정열적인 사람들의 열정은 히스테리와 유사하다. 거세된 인간성. 아무튼 내게는 교구의 신도들이 있고, 그들은 어쩌면 나 자신의 모습을 비춰주는 거울인지도 모른다.

소피는 교회에 소속되어 있지 않았다. 그렇지만 나는 그녀의 얼굴을 구약의 시편만큼이나 좋아했다. 나는 그것을

개의 날

내 기도의 수단으로 삼았다. 그녀를 통해서, 나는 신을 찬양했고, 내 입은 진실을 말했고, 내 정신은 정확한 직관으로 빛났다. 나는 세상을, 하늘과 땅을, 우주를 이해했고, 그것들의 문을 나의 교구 신도들에게 열어주었다. 나는 선악의 식별에 접근했고, 금단의 열매에 다가갔다. 나는 금단의 열매였으며 신이었다. 사람들은 내 말을 성체인 양 받아먹었다. 단지 집회 밖에 나 하나만을 위해 여인의 얼굴이 빛나고 있었기 때문이다.

그녀는 어딘가 다른 사람들과 달랐다. 그녀가 어떤 점에서 다른 여자들과 같지 않은지를 정의하려고 할 때, 내 머리에 집요하게 떠오르는 것은 고속도로를 달리고 있는 개의 이미지다. 그렇다, 그녀가 타인과 다른 것은 고속도로의 개가 다른 개들과 다른 것과 공통점이 있었다. 아니면 그리스도가 십자가에서 중얼거렸다는 시편 22장이 로마 교회의 회칙과 다른 것과 같다. 내가 그 차이를 명확히 구분하려고 할 때, 첫눈에는 잘 보이지 않는 아주 미묘한 무엇이 있는 것 같았다.

내가 완전히 똑같은 매끄러운 조약돌 두 개를 가지고

있다고 상상해보자. 하나는 내 왼쪽 손에 가지고 있기 때문인지는 몰라도 다른 하나보다 더 강력한 존재감을 과시하는 것 같다. 그래서 나는 그것을 내 주머니 속에 간직하고 이따금 어루만질 것이다. 그러나 내가 그것의 위치를 바꿔서 오른손에 놓는다고 할지라도, 그것은 나의 애무를 끌어낼 힘을 간직하고 있다. 나는 다른 하나를 버리고, 내게 매력적인 조약돌만 간직한다. 그것은 내가 힘이 솟아나게 한다. 하루는 우연히 내가 그것을 뒤집어놓는다. 그 이면에는 줄무늬 홈이 패어 있다. 거기에는 먼지를 들이고 시선을 끄는 불완전한 곳, 어쩌면 상처라고 할 만한 곳이 있다. 그것은 조약돌의 심장 속으로까지 들어가보고 싶은 욕망을 불러일으킨다. 그러나 먼지도 시선도 거기까지는 들어갈 수 없다.

소피를 정의하려다 구약 시편과 개 이야기가 나오고, 또 조약돌에 관해 이야기를 하게 된 것은 좀 이상하다. 조약돌은 동물이나 사람보다 덜 복잡해 보이고, 겉보기에는—단지 겉보기에만— 시편보다 덜 위험한 것 같기 때문이다. 시편이 위험한 이유는 당신들을 둘로 갈라놓고, 가장 사랑하는 사람으로부터 버림받은 어린아이나 남자처럼 당신을 나약하게 만들 수 있기 때문이다.

몇 년 전만 해도 사제들이 휴가를 떠날 때 대리자를 찾기 위해 교구 전체가 시끄러워지는 일은 없었다. 그때 나는 노르망디에서 이 주를 보낸 적이 있다. 그곳 바닷가에서 조약돌을 하나 주웠다. 돌의 안쪽에는—바깥쪽은 언제나 매끄러우므로— 틈이 보였는데, 양 끝이 좁고 반투명하고 응어리가 들어 있었고, 한가운데는 넓게 벌어져 있었다. 내가 그 조약돌을 발견했을 때, 아니 차라리 내 손 아래 그것이 나타났다는 표현이 옳겠지만, 아무튼 나는 그것의 감춰진 날카로운 부분 때문에 손바닥에 약간 상처를 입었기 때문에, 처음에는 그것을 수평으로 잡았다. 그것은 매력적이었다. 나는 손바닥 안에 광물질적이고 신비하고 의미심장한 미소를 가진 것 같았다. 그것은 구름의 이동에 따라 색깔이 변했고, 내가 제물을 바칠 때 내 앞에서 크게 벌어지는 입들처럼, 순진하게 그것의 구멍과 가장자리 장식을 드러내 보여주었다. 나는 바닷가를 산책하면서 감격한 나머지 그것을 '신의 미소'라고 생각했다. 집으로 돌아온 나는 그 돌을 성모상 앞에 놓았다. 빨간색 초의 심지에서 나오는 희미한 붉빛으로,

그것은 빛났다.

　소피가 사라지고 얼마 지나지 않아서, 그러니까 지금으로부터 몇 주 전, 나는 용기를 얻기 위해서 내 손 안의 '미소'를 따뜻하게 할 필요를 느꼈다. 내가 쥐었던 손을 풀자 그 돌은 내 손바닥에서 수직으로 일어섰다. 갑자기 나는 내 것을 손에 가지고 있으면서도 그때까지 가까이 가지 않고 내버려 두고 있었다는 것을 깨달았다. 그것은 여자의 성기였다. 불그스름하게 부풀고, 주름이 지고 약해 보이는 가장자리 장식을 가진 성기, 그것을 나는 애무할 수도 핥을 수도 있었다. 왜냐하면 내 손가락은 너무 굵어서 그 속으로 들어갈 수 없지만, 내 혀가 그 입구에 길을 내고 가장자리를 뜨겁게 할 수는 있었기 때문이다. 그 가장자리는 오랜 세월이 지나 녹슨 고딕식 굽도리 장식처럼, 그리고 파도가 만들어놓은 해변의 모래 둔덕처럼 둥글고 매끈한 모양이다.

　내가 이 돌에 관해 구구절절이 늘어놓는 것은, 그것이 지금 내게 소피에 관해, 그리고 지상에서의 신의 왕국과 같았던 내 인생의 시기에 관해 말해주고 있기 때문이다. 대조적으로 그것은 고속도로에 나타난 길 잃은 개로 요약되며,

시편 22장에서 신에게 버림받은 자들의 두려움이 그것을 잘 표현하고 있다. "나는 흐르는 물과 같고 나의 뼈는 모두 부서졌다. 나의 심장은 밀랍과 같아서 나의 내장 속에서 녹아버리고 나의 입천장은 모래알같이 마르고 나의 혀는 턱뼈에 달라붙었다……."

그 개는 죽어서 분해되었을 것이고, 지금은 도로변에 일부가 남아 있을 것이다. 누구에게도 다가갈 수 없는 고통스러운 고독과 엄청난 절망에서 벗어나는 유일한 출구는 죽음인 것 같다. 왜냐하면 우리 중 누구도 그것을 해결할 수 없기 때문이다. 거기에는 사람이 서너 명 있었다. 아니, 개가 도로를 가로지르는 순간에 내 팔을 거칠게 잡아당긴 뚱뚱한 처녀까지 합하면 다섯 명이었던 것 같다. 그녀는 아마 자신도 모르게 그런 행동을 했으리라. 어쩌면 그녀 역시 그 동물의 불가피한 죽음을 생각했을 것이다. 그녀도 나도 사고가 날 것을 확신했던 것 같다. 개는 차들 사이를 지그재그로 달려갔기 때문에 사고는 불가피해 보였다. 동물 한 마리의 죽음이 한두 사람의 죽음보다 더 무게가 나가는 것처럼. 실제로 사람의 시체는 항상 살아 있는 남자나 여자보다 더 가벼위 보였다. 그런데 아무렇게나 버려진 동물의 시체는 얼핏 보기에도 얼마나 무거울지 설명할 수 없을 것 같다. 나는 시체를 운반해본 적은 없다. 하지만 나의 교구 신도들 사이에서 여러 종류의 죽음을 보아왔다. 그들이 죽으면 가볍고 거의 무의미하고 무엇보다도 완전히 무관심해진다. 다시 말해 그것은 내용물이 제거된 소포 꾸러미, 전달 내용이 없는 빈 봉투에 불과하다.

살아 있는 사람의 가슴이 너무 풍만하면 그것이 나를 압박할 때 나는 불쾌감을 느낀다. 나의 어머니조차도 임종 시에 속이 빈 것처럼 보였고, 유방 사이에 갑자기 생겨난 깊은 골은 마침내 분리된 두 개의 사물을 만들고, 나는 그것들이 움푹 패어 울림이 생겨날 거라고 상상했다. 만약 나에게 기회가 주어졌다면, 나는 그것들을 거양성체의 작은 종처럼 쥐고 흔들었을 것이다. 어른은 죽으면 가벼워지고 투명해지므로 얼핏 보기만 해도 영혼이 존재한다고 주장하기에 충분한 그런 존재일 뿐이다. 죽은 자의 무게는 눈으로 보기에도 명백히 산 자의 무게와 다르다. 그것은 육체에 무게를 더해주던 무엇이 빠져 달아났기 때문이 아닐까?

개의 날

인간의 영혼은 무게가 얼마나 될까? "내 짐은 가볍다"라고 그리스도가 말했다. 짐승의 영혼, 나는 교회의 가르침에도 불구하고 짐승도 영혼을 가지고 있다는 것을 의심치 않는다. 아마도 그것은 그리스도의 영혼처럼, 어린아이의 영혼처럼 가벼울 것이다. 아이들의 영혼은 어떤 의미에서는 어린 시절 동안에만 계속되는, 한순간에만 존재하는 영혼이다. 어린아이도 짐승과 마찬가지로 죽으면 무겁다. 포빌의 집에서 본 어린 루카스는 말라깽이인데도 납덩이처럼 무거웠다. 그의 어머니가 아이의 몸 아래에 레이스 달린 베개를 놓기 위해 내게 아이를 들어달라고 부탁했기 때문에 나는 그것을 안다. 아이는 무거웠다. 마치 그의 본질인 움직임, 즉 언제든지 날아가고 달려가고 아무에게나 줄 수 있고, 엉터리 운전자의 차에 한순간에 꺾일 수도 있는 에너지가 사라지면서 아이의 육체에 무게를 돌려주었던 것 같다. 일생에서 소년들이 무게가 나가기 시작하는 것은, 내 기억으로는, 그들이 최초로 수음을 할 때부터이고, 소녀들의 경우는 생리를 시작하면서부터가 아닌가 싶다. 따라서 그 무게는 어쩌면 영혼의 무게가 아니라 성기의 무게가 아닐까. 그것이 다 똑같지 않은

한. 그렇다, 어쩌면 그것은 똑같은 것이다. 그것은 소위 말해 연인이 사랑을 한 후에 너무 무겁게 느껴지는 이유를 설명해 줄 것이다. 어쩌면 짐승과 어린아이는 내가 저항하는 만큼 저항하지 않기 때문에, 그들의 죽음은 가벼운 것인지도 모른다. 나는 이런 기도를 떠올린다. "정신이 당신을 위해 잊을 수 없는 신음과 함께 끼어들 것이다." 기도하는 사람의 죽음은 단번에 보는 사람의 정신을 사로잡는다.

소피는 처음부터 나를 완전히 사로잡았다. 내가 그녀를 처음 본 것은 일월의 어느 날 아침 성 로쉬 교회 앞에서 늙은 버드나무의 전지를 진행하고 있을 때였다. 작업을 지켜보던 그녀가 내 등 뒤에 불쑥 나타나서 내게 화가 난 듯이 말했다. "왜 저 버드나무를 자르는 거예요, 신부님?" 나는 그녀를 본 적이 없었다. 그녀는 키가 나보다 약간 컸고, 나이는 분명히 나보다 어렸고, 얼굴은 광대뼈가 나오고 갈색 눈은 약간 째져서 웃고 있는 것처럼 보였다. 그렇지만 그녀는 슬퍼하고 있음이 분명했다. "신부님" 하고 말할 때 그녀의 목소리는 가라앉아 있었다. 취로사업 인부는 톱질 소리 때문에 우리 와는 차단된 채 묵묵히 작업을 계속했다.

"저것들은 너무 늙어서……" 나는 약간 짜증스럽게 말했다. 그녀의 질문이 나의 내면에 고통을 불러일으켰던 것이다. 나 역시 나무들을 사랑했고, 또 나 역시 나이가 들어 쇠약해졌기 때문이다. "나무들이 쓰러진다 하더라도 사람들에게 아무런 해도 입히지 않을 거예요. 저것들은 너무 작잖아요. 그렇지만 잘라버리면 나무들이 내는 빛을 다시는 못 보게 돼요. 저 빛을요…… 보이세요?" 그녀는 진지하게 말했다. 나도 보고 있었다. 우산 모양으로 전지된 버드나무 잎사귀들 사이의 햇살이 풀들과 돌들과 공기에조차 뿌려주고 있는 비단결같이 부드러운 황금빛을. 겸손함으로 더 빛나는 은은한 빛, 그리고 부드러움 때문에 더 인간적인 그 빛은 다른 나무들이 낼 수 없는 빛이었다. 그러나 그때는 겨울이었으므로 버드나무의 빛은 추억일 뿐이었다. 시 당국에서 결정한 포플러나무 심기와 시기가 적절할 거라는 생각뿐이었다. "포플러나무를요? 그 큰 나무들의 잎사귀는 하늘만 좋으라고 있는 거 아닌가요?" 나는 그녀가 하늘에 관해 그런 식으로 경멸조로 언급하는 데에 놀라서 할 말을 잃었다. 그녀의 광대뼈가 튀어나온 양 볼은 상기되고 눈은 반짝였다. 나는 그녀가 버드나무의 빛에 관해 말할 때 마치 끝장난 사랑이나, 떠나버린 나라, 또는 반대편으로 가기 위해 건넌 강에 관해 말하는 것 같은 느낌을 받았다. 나는 그녀가 자기를 설득할 만한 말을 내게 기대하고 있다고 생각했다. 아무튼 그것은 사제로서의 의무이기도 했다. 그래서 내가 말했다. "빛이 더 높은 곳으로부터 오겠지요. 그러면 더 아름다울 것이고…… 포플러나무 잎의 소리는 동전 소리 같지요. 바스락거리는 비단 같은 동전 소리…… 상상이 가십니까?" 그녀는 납득이 가지 않는다는 표정으로 여전히 버드나무에 슬픈 시선을 보내고 있었다. 겨울이라서 사라져버린 빛, 인부에게 맡겨진 잎사귀들의 미래를 생각하는 듯했다. 톱으로 나무 기둥에서 잘라낸 가지들이 팔다리가 잘린 나무의 발치에 쌓이고, 톱이 나무마다 만들어놓은 돌이킬 수 없는 의미심장한 흔적에 그녀의 시선은 고정되어 있었다. 내가 덧붙여 말했다. "포플러나무는 빨리 자라니까……" "아무도 그 새로운 빛 속에는 드러눕고 싶어 하지 않을걸요." 그녀가 즉각 응수했다. "드러눕다." 여름이면 부드러운 풀까지 깔린 그곳은 낮잠을 자기에 아주 좋은 곳이었기 때문에 일요일 오후면 버드나무 아래에는 항상 드러누운 사람들이 있었다. 그곳은 공원 같았다. 황혼 녘에 잠시 그곳에 있는 하나뿐인 벤치에 앉아 있자면, 마치 교회라는 저인망에 걸려든 부서지기 쉬운 배처럼 연인들이 서성이는 모습을 볼 수 있었다. 아무튼 "드러눕다"라는 표현이 그토록 분명하게 와닿은 적이 없었다. 나는 우리 사제들이 잠잘 때와 죽을 때 외에는 드러눕지 않는다는 사실을 새삼 깨달았다.

"우리는 걸어 다닐 겁니다, 우리는 새로운 빛 속을 걸어 다닐 수 있습니다." 내가 말했다. 이 말을 하면서 나는 이 여인은 필사적으로 누군가가 그녀를 다시 일으켜주기를 바라고 있다고 생각했다. 그녀는 형이상학적으로뿐만 아니라 신체적으로도 그녀가 수직성을 회복하도록 도와주기를 갈망하는 것 같았다. 그녀는 실제로 꼿꼿이 서 있지 못했다. 마치 그녀의 가슴 한가운데에 자리 잡은 고통 때문에 등이 약간 굽은 것 같았다. 그녀는 자신도 모르게 사람들이 한가운데에 구멍을 내놓은 버드나무를 몸짓으로 흉내 내고 있었다. 버드나무는 서서히 기울어지면서 조심스럽게 땅에 누워버렸다.

나는 그녀의 기분 전환을 위해서, 옛날에 기도를 통해

페스트를 낮게 한 성 로쉬의 전설을 말해주었다. 14세기 무렵의 얘기로 이 순례자는 로마로 가는 길에 페스트에 걸렸다가 기적적으로 나았다. 그는 페스트에 걸리자 숲으로 들어가 은둔생활을 했는데, 숲에서 한 천사가 그의 회복을 도왔고 어떤 개가 매일 빵을 날라다주었다고 한다. 나중에 그는 다시 길을 가게 되었는데, 스파이로 체포되어 감옥에서 죽었다.

그 젊은 여인은 신에게 선택된 이 사람이 결국 비참한 종말을 맞게 된 것에 몹시 충격을 받은 것 같았다. 그녀는 그를 기리기 위한 교회에 방문하고 싶어 했다. 그녀는 가끔 그 교회에 들어가려 했지만 매번 문이 닫혀 있었다고 내게 말했다. 그래서 나는 그녀가 미사에 참석하지 않았다는 것과 그 교회가 대중에게 개방되는 것은 일주일에 한 번뿐이라는 사실을 알게 되었다. 나는 주머니에서 열쇠 꾸러미를 꺼냈다. 나는 로마네스크 양식의 그 교회는 보물들을 가지고 있다고 설명했다. 보물 중에는 성 로쉬와 그의 개를 표현한 채색된 목조상이 있는데, 제조법은 단순하지만 소용돌이 꼴로 장식된 바로크식 제단의 회반죽 장식만큼이나 오래된 것이다. 이 건축물에 훗날 추가된 이 목조상들은 내가 조심한 덕분에

묽은 산성세제를 사용하는 청소를 면했다. 최초의 순수한 형태로 돌아가야 한다는 명분하에 이 지방의 교회 대부분에서 이런 18세기 장식들이 제거되었다. 제거된 장식품들은 제의실이나 탑에서 썩어갔다. 어떤 것들은 복구 작업에 참여했던 파렴치한 건축가들이 가져다가 자기 집 거실이나 층계참을 장식하기도 했다.

육중한 문이 내가 기름칠을 잘 해놓은 경첩 위에서 다시 닫히자 실내에는 냉기가 돌았다. 여인은 마치 자기 혼자뿐인 양 앞으로 나아갔다. 나는 그녀 뒤에서 무릎을 꿇었다. 그녀는 나와 제단 사이에서 신에게 아무런 예의를 갖추지 않고 꼿꼿이 서 있었다. 지켜보아야 한다는 의무감에 사로잡힌 그녀는 하나도 빠짐없이 한눈에 다 보려는 듯이 눈을 크게 뜨고 제자리에서 천천히 몸을 한 바퀴 빙그르르 돌렸다. 소피가 색유리그림으로 된 창문을 향해 또는 푸른 기가 도는 검은색 재질의 바닥을 향해 돌아섬에 따라 변하는 빛과 그림자가 그녀에게 해설자 역할을 해주었다. 따라서 그녀가 나를 교회 장식의 일부로 보지 않는 한 나는 그녀의 시선을 끌 수 없었다. 나는 속세의 옷을 입었으며 머리는 아주 짧았고 무표정한 가면을 쓴 것 같은 얼굴을 하고 있었으니 가장 시대착오적인 장식이라 할 수 있을 것이다. 그녀의 몸에 입체감을 주는 빛과 그림자를 바라보고 서 있는 나는 자신이 갑자기 평면처럼 느껴졌다. 예를 들면, 포석이나 나무 칸막이처럼. 대조적으로, 성 로쉬 상은 나병으로 문드러진 자신의 무릎을 한 손가락으로 가리키고, 다른 손가락으로 순례자 지팡이를 붙잡고서 어린아이 같은 행복한 표정을 하고 있는 것처럼 보였다. 한편에는 하느님이 보내주신 개가 그의 발치에서 입에 빵 한 조각을 물고 막 웃으려는 것처럼 보였다. 그 개가…… 내가 바로 그 순진하고 선량한 개였다. 나의 이웃을 구하겠다는 생각에 가슴이 두근거리면서, 양식이 될 말씀을 그 이웃에게 가져갔다. 빵 부스러기, 누런 빵 껍질에 불과한 말씀이지만, 나는 그 여인과 더불어 나의 의무를 저버리지 않았다.

그러나 오늘 그 개는 아무것도 없는 길을 따라, 묵시록의 소란 속에서 불타는 근육과 찢어진 숨결을 드러낸다. "엘리 엘리 라마 사박다니…… 주여, 주여, 왜 나를 버리시나이까?"

우리는 다시 만났다. 미사에서가 아니라 교구 안의 도서관에서. 그녀는 미사에 한 번도 오지 않았다. 일요일 아침 열 시부터 정오까지 개방되는 교구의 도서관은 교회 부속 사제관에 있는데, 사제관은 꺾쇠로 연결된 벽돌담을 가진 제법 큰 18세기 건물이다. 나는 건물의 이 층을 집회실로 쓰고, 도서관은 일 층에 있다. 나는 미사를 마치고 교회 앞뜰에서 교구 신도들에게 인사를 한 후 열한 시 반경에 볼일이 있어서라기보다는 그냥 산책 삼아 십오 분가량 그곳에 들르고는 한다. 나는 거기에서 내 교구 신도들 중 다른 부류를 만나게 된다. 그들은 미사에는 잘 참석하지 않으면서도 교회에는 열심히 나오는 신도들이다. 책을 빌리거나 반납하는 일은 제단을 멀리하기에 충분한 구실이 되며, 그 사람들은 일찌감치 교회를 역사적 기념물 정도로 치부하면서도 그 교회의 그늘 아래 번성하는 독서의 전당에는 계속해서 열심히 출입한다.

소피도 그런 부류 중의 하나였다. 나는 버드나무 대학 살 작업에서 얼마 지나지 않은 어느 일요일 그녀를 다시 보았다. 삼월 초였는데 춥고 건조한 날씨였다. 주일마다 모이는 수다 모임에 나를 끌어들이려는 두세 명의 교구 신도들을 적당히 돌려보낸 나는 도서관 단골손님들을 돌아보지 않고 바로 사택으로 들어갔다. 낡은 작업복으로 갈아입고 쇠스랑을 들고 다시 나와 뜰에 취로사업 인부가 어질러놓은 부스러기들을 긁어모으기 시작했다. 거의 내 키만큼이나 엉성하게 쌓아올린 잔가지 더미에 사순절의 지푸라기 인형처럼 불을 질렀다.

불꽃이 활활 타오르고 있을 때, 그 여인이 지나갔다. 그녀는 장을 봐서 오는 사람처럼 책을 한아름 안고 있었다. 그 중 몇 권은 팔꿈치 아래로 미끄러져 내리고 또 몇 권은 손 안에 있었는데, 그녀의 성급한 걸음걸이가 왠지 곧 책을 다 떨어뜨리게 할 것같이 위태로워 보였다. 그녀는 가볍게 피어오르는 연기와 높이 치솟는 불꽃 뒤에 있는 나를 알아보았다. 기세 좋게 솟구치는 불꽃은 아마도 내가 장작불 모양의 새장 안에서 기적적으로 무사히 살아남은 것처럼 보이게 했을 것이다. "아! 거기 계셨군요." 그녀는 마치 나를 찾고 있었다는 듯이 말했다. 그녀는 조심스러운 태도로 잠시 머뭇거리더니, 자기가 안고 있는 책더미를 턱으로 가리키며 말했다. "내 미사는……" 그녀는 간단히 말했다. 그녀의 가벼우면서도

개의 날

심각한 어조에, 나는 갑자기 이 미사가 다른 미사를 물거품으로 만들 거라는 느낌을 받았다. 나는 쇠스랑을 내려놓고 불길을 피해 돌아서 몇 발자국 앞으로 나아갔다. "저는 소피예요." 그녀는 뒤로 물러나면서 큰 소리로 말했다. 그녀는 마치 자신의 이름을 말하는 것이 그녀와 나 사이에 방패처럼 타오르는 덤불을 만들어줄 수 있다고 생각한 것 같았다.

이후 나는 매주 일요일마다 소피를 보았다. 일요일마다 미사가 끝나면 또 다른 미사가 있었다. 그것은 도서관의 선반들 사이로 그녀를 알아보는 것, 접수창구에서 사서가 보는 앞에서 그녀에게 몇 마디 하는 것, 함께 밖으로 나가서 몇 걸음 걷는 것, 그리고 헤어져야 하기 때문에 곧바로 헤어지는 것이었다. 그러나 매번 예배의식이 있었다. 그것은 그녀가 항상 지니고 다니는 작은 수첩에 매주 책에서 열심히 베껴놓은 내용들을 가지고 했다. 바둑판무늬 표지의 수첩은 거의 잿빛에 가까운 싸구려 종이로 만든 것이었다. 그러나 소피가 그것을 가방에서 꺼내 몇 구절씩 내게 읽어줄 때면, 그것은 그녀에게 금은으로 된 성聖유물함보다도, 교회에서 금박의 목재 보면대 위에 놓는 유물급의 가죽 표지 성경책보다도 더 소중하고 절대적인 물건 같았다. 보면대는 날개를 펼친 독수리 형상으로 18세기의 것인데 미사 시간 외에는 교회 문을 잠그는 것을 정당화해주는 물건 중 하나이기도 하다. 소피가 자신의 싸구려 수첩을 큰 소리로 읽을 때, 그녀의 자세는 흐트러짐이 없다. 마치 기사처럼 등을 꼿꼿이 세우고, 독수리의 날개처럼 손을 활짝 벌린 그녀의 모습에서 독수리의 우아함과 힘이 느껴졌다. 그때의 그녀는 곧 날아오를 것 같다. 그것은 또 마치 제물을 바치듯이 하느님의 말씀을 전하는 자세와도 일치한다.

그녀의 작은 수첩에, 어떤 아기의 이야기가 있었다. 그 아기는 유태인 여아인데, 어떤 군인이 집단수용소의 전기 철조망에 내던졌다. 아기의 이름은 마그다였으며, 나는 이런 내용을 기억한다. "마그다는 허공에서 헤엄치고 있었다. …… 은빛 포도 덩굴에 걸려든 한 마리 나비 같았다." '신시아 오지크는 유태계 미국인 여자'라고 소피는 고개를 들면서 심각하게 말했다. 그리스도의 수난도를 뒤집어놓은 것 같은 사실을 묘사하기 위해 그런 이미지를 사용하는 것은 여자만이, 그것도 유태인 여자만이 할 수 있는 일이라고 생각했던 기억이 난다. 나는 이런 인간 살육에 관한 글을 쓴 여자는, 향유를 품에 안고 무덤으로 달려가는 막달라 마리아 같은 여자라고 생각한다. 우리를 지옥에 등을 돌리게 하는 대신, 사랑으로써 그곳에 들어가게 했다. 여름철 풀밭에 누워 버드나무의 순수한 빛을 흡수하는 것처럼 우리 내부에서 이런 어두운 빛을 발견하게 함으로써.

거기에는 마그다의 이야기가 있었다. 날에 따라 가슴을 찢는 듯한 이야기도 있고 또 마음을 편하게 해주는 이야기도 있었다. 나는 카프카에 관한 글을 기억한다. 그것은 아마 꿈 이야기 같다. 왜냐하면 그것은 빛이 전혀 없는 동굴에서 일어난 일인데 아주 순수하고 밝았기 때문이다. 이야기는 "나는 호수에서 노를 젓고 있었다……"라는 문장으로 시작되었다. 그것은 침묵에 관해 말했고, 그 침묵을 마치 영양가 있는 열매처럼 따 먹으려고 애쓰는 노 젓는 사람에 관해 말했다. 그날까지, 나는 카프카가 그렇게 평온한 글을 썼다는 사실을 알지 못했다.

이후 미사가 끝나면 교구 신도 중 한두 사람이 설교 중 읽은 내용에 관해 의견을 발표했는데, 그때마다, 또 복음서를 해설하면서 정치적 망명객에 대한 정부의 정책이라든가 낙태 문제라든가 제삼세계의 부채상환 문제 따위를 들먹일 때마다, 나는 카프카의 침묵을, 영양분 많은 열매로서의 그 침묵을 생각한다. 교회 재건 사업은 교회의 경이로움을 강조하기 위해 조명등을 잔뜩 설치해놓았기 때문에, 신도들의 얼굴은 조명을 받아 빛으로 충만하고 약간의 자기만족에 빠진 모습이었다. 그래서 나는 더욱더 카프카의 꿈의 동굴을 아쉬워하고 옛날을 그리워하기 시작했다. 로마네스크 양식의 둥근 천장 아래 사람들은 눈물로 얼굴을 적시며 눈을 감고 "하지만 너, 너는 멀리 가지 마, 빨리 날 도와줘!"라는 침묵의 외침을 가슴에 담은 채 문자 그대로 며칠씩 기도에 '빠져들던' 시절이 있었다.

한 마리의 개. 버려진 한 마리의 개. 버린다는 건 이상한 일이다. 사랑하는 사람이 있을 때에는 쫓아버리고 싶어질 것이다. 왜냐하면 그가 필요없게 느껴지고 지나치게 부담스럽고, 신이 전부가 아니라고 생각하게 되기 때문이다. 아니, 차라리 신이 존재한다고 믿는 사실은 전부가 아니지만, '전부'는 존재하며, 그것을 증명해주는 구체적인 얼굴, 즉 여자의 얼굴, 금지된 얼굴이 있다. 그러나 사랑하는 사람이 사라지면, 우리는 그를 다시 소유하고자 하며 시선으로 그를 삼켜버리려 하고, 성체聖體의 빵처럼 구체화하려 하고, 성사聖事의 샘물을 다시 마시고자 할 것이다.

나는 일 년간 매주 일요일마다 소피를 보았다. 그러나 나는 그녀의 작은 수첩에 적힌 내용들 외에는 그녀에 대해 아는 바가 없었다. 우리의 관계는 순수하게 문학적이었다. 예배를 같이 본 것이 전부였다. 어쩌면 그녀도 나와 마찬가지로 우리의 관계가 그런 식으로 무한정 지속되기를 원했는지도 모른다. 그런데 그 무한정이란 것도 나무가 없는 계절 동안뿐이었다. 다시 말해, 다음해 겨울, 어린 포플러나무를 심자, 소피는 사라졌다. 나는 그녀가 가족에 대한 의무로 발이 묶인 것이 아닐까 생각했다. 내 상상으로, 그녀는 나처럼 혼자 살았고, 내가 환자들을 방문하는 것처럼, 가끔 함께 차를 마실 만한 늙은 아주머니 같은 친척조차도 가지고 있지 않은 것 같았다.

그녀는 다음 주 일요일에도 오지 않았다. 나는 괴로운 마음을 가누지 못하고 드디어 세 번째 일요일에, 감히 도서관 대출계 직원에게 소피의 이름을 대고 외모를 묘사해가며 대출카드를 보여달라고 요구할 정도였다. 그러나 카드를 찾을 수 없었다. 도서관 접수대에는 사실 자원봉사자들이 매주 바뀌기 때문에 대출자의 신분을 알아내기가 거의 불가능했다. 더구나, 소피는 미사에 한 번도 참석하지 않았기 때문에, 개인적으로도 그녀를 아는 사람은 아무도 없었다. 적어도 내가 그녀를 채소가게나 서점에서도 마주친 적이 한 번도 없는 것으로 보아 그녀는 마을에도 오지 않았다. 우리 도서관의 매력만이—정말 도서가 풍부하다— 그녀의 이동을 증명할 수 있을 것 같았다.

그녀는 더 이상 오지 않았고, 나는 기도하기 시작했다. 그녀가 다시 오도록. 그녀가 자신의 손으로 나를 위해 다시 보면대를 열 수 있도록. 그녀가 작은 수첩에 휘갈겨 쓴 글자들의 신비 위에 눈을 내리깔 수 있도록. 결국, 어떤 신의 말도 아닌, 단지 인간 남녀의 공포나 침묵에 관한 이야기가 들어 있는 책에서 가르쳐준 대로, 그녀가 책을 읽을 때 허리를 펴고 계속해서 책을 읽도록.

"소피, 소피, 왜 나를 버리는가?"

얼마 후, 나는 기도를 중단하고, 그 대신, 매주 일요일이면 미사를 끝내고, 차를 타고 다른 교구의 도서관을 방문하기 시작했다. 곧이어, 나의 추적은 주중에도 발길 닿는 대로 시립도서관으로 범위를 넓혀갔다. 나는 시골 구석구석까지 안 가는 곳이 없었고, 그러는 동안 다시 기도를 시작했지만 이번에는 기도의 말을 달리했다. 소피가 돌아오도록 기도한 것이 아니라, 하느님이 야곱을 위해 그랬던 것처럼, 내 이름과 지상에서 나의 위치를 알려달라고 기도했다. 드디어 그가 내게 알려주었다!

지난주 월요일, 고속도로에서 버려진 개와 그 개의 미친 듯한 질주에 관해 흥분해서 한마디씩 하는 몇몇 남녀들을 보았다. 개가 길을 건널 때 내 팔을 잡았던 뚱보 처녀, 아기 천사처럼 통통했던 그 처녀는, 무엇을 원했던가? 그녀가 내 팔에 남긴 압박감은 아파서 소리를 지를 정도였지만 그 격렬한 친밀감은 곧 사라졌다. 그리고 그것은 세상에서 그녀가 내게 남긴 전부였다. 주변의 자동차 소음은, 현대화된 우리 교회에서, 말 많은 교구 신도들의 설교에 관한 의견과, "세상 사람들의 불행을 위하여, 우리의 로마교황을 위하여,

교회의 평화를 위하여"라는 그들의 기도 소리를 울려 퍼지게 하는 마이크의 찍찍거리는 잡음만큼이나, 부조리하다. 그리고 그들 사이에 하느님의 얼굴이 있다. 한 마리의 늙고 미친 짐승, 그에게 광명을 주던 시력을 잃은 한 마리 개, 천사에게 버림받아 물도 빵도 먹지 못하는 성 로쉬가 바로 그 얼굴이다.

죽은 뒤 영혼이 다른 육체에 깃드는 것은 사실이다. 영적으로는 아닐지 몰라도, 정신적으로는 그렇다. 우리의 인생은 그런 부활의 연속일 뿐이다. 지난 월요일 고속도로에서 그 개가 내 시야에 불쑥 나타남으로써 드러난 부활은 어쩌면 그에 앞서 나타났던 부활들처럼 내 몫의 고통과 경이인지도 모른다. 나도 그 개처럼 죽음에 맞서서 혼자 가리라. 죽음을 침착하게 수용하는 이미지보다 훨씬 더 잘 늙음을 정의해준 미친 질주, 그것이 내포한 눈먼 폭력과 더불어 죽음이 언젠가 내게 다가오리라. 왜냐하면 내 나이에는 '엘리 엘리 라마 사박다니'를 충분히 심사숙고했기 때문이다. 그래서 결정적인 순간에는 스승도 신도 심지어는 인생의 초기에서처럼 천사의 그림자조차도 없다는 것을 잘 알게 된다. 우

개의 날

리가 이스라엘이 되려는 순간에 야곱일 때, 거기에는 아무런 구원도 없다. 하찮은 호소를 뭉개버리기 위해 도로변에 모인 몇몇 사람 외에는.

생크림 속에 꽂혀 있는
작은 파라솔

나는 한 육 개월쯤 전에 고속도로에서 어떤 개를 보았는데, 이후 네가 꼭 그 개 같다는 생각을 해왔다. 버림받은 충격과 공포감으로 개는 듣지도 보지도 못하는 것 같았다. 그때, 나는 마음이 아팠는데, 아마도 그 개 때문이라고 생각했다. 그러나 잠시 후 나는 너 때문에, 네가 그렇게 되었기 때문에 마음이 아팠다는 것을 알았다. 나는 차를 멈췄다. 내가 하도 절망적으로, 그러면서도 희망을 가지고 "이리 와! 이리 와!" 하고 소리쳤기 때문에, 개가 내 말을 알아듣고 내게로 와서 내 품에 안길 거라고 생각했다! 그러나 나는 무기력했다. 나는 소리 지르고 울부짖고 눈물을 흘렸지만, 그 개는 미친 듯이 계속 달리기만 했다.

개를 보던 날, 나는 우리의 약속 장소로 가던 중이었다. 마지막이 될 우리의 만남을 위하여. 나는 그 만남을 '결별식'이라고 이름 붙였다. 나는 네가 무척이나 좋아하던 빨간색 레인코트를 입고 있었다. 고속도로를 달리는 차 안에서 나는 수만 번도 더 생각했다. 너를 떠나야 한다고. 그리고 누군가 옷을 벗기는 것처럼 하나씩 하나씩 나의 방어벽을 허물어 나를 벌거벗은 채로 부서지기 쉬운 상태에 노출시키는 일, 이 무한한 사랑이란 것을 빨리 처분해버려야겠다고.

우리 고장은 여름철에도 물이 차갑다. 몇 년 전부터 나는 여름을 해변에서 보낸다. 그리고 매일 아침 수영을 한다. 매일 아침 사정은 마찬가지다. 찬물의 신비로움. 아니 차라리 시련이라고 하는 편이 나을 것이다. 그 시련으로부터 신비로움이 나온다고나 할까. 거기에 들어가는 것은 고난이다. 거기에 들어가는 것은 바람 속에서 파도를 바라보며 벌거벗고 오래 머무는 것을 말한다. 매일 아침마다 똑같은 두려움이 있다. 적의에 차 있지만 아름다운 한 무리에게 보내는 시선과 같다. 바람이 잔잔해지면, 나는 파도 속으로 뛰어든다. 태풍이 부는 날은 차라리 쉽다. 쉽다기보다는 덜 어렵다고 해야겠다. 무한한 사랑이란 것도 그런 식이 아닌가 싶다. 그것이 말로 표현할 수 없을 정도로 야만스러운 모습을 하고 있다면 우리가 거기에 몸을 맡길 것인가? 바람 부는 날, 나는 대체로 물에 쉽게 들어간다. 즉시 추위가 나를 휩싸고 호흡이 멎는 한편 심장은 미친 듯이 뛰기 시작한다. 그래서 나는 비명을 지르고 팔다리를 마구 휘젓는다. 고통스러운 나머지 물 밖으로 나가고픈 유혹과 다시 한번 그 과정을 알기 위해 전보다 더 헤엄을 치려는 욕망 사이에서 싸운다. 내가 알고 싶은 것은 취기가 오르는 짧은 순간이다. 그 순간에는 혈액순환이 활발해져서 우리를 흥분상태로 몰고 간다. 그러나 곧 추위라는 환각제가 약효를 발휘하기 시작한다. 행복감이 밀려오고, 그것은 너무 강렬한 것이라서 거기에 끝없이 몸을 맡기고 싶어진다. 탈진할 때까지 그 행복에 빠져들다가 죽을 수도 있다. 요점은 적당한 순간에 거기서 빠져나오는 것이다. 그 순간을 결정하기는, 술꾼이 술을 그만 마실 순간을 정하는 것만큼이나 어렵다 너무 빠르면, 취기가 오르지 않고 그날은 망쳤다는 기분을 가지고 물을 흘리며 솟아오른다. 너무 늦으면, 체온의 이상강하현상이 일어나서 더운물로 샤워를 하고 따뜻한 커피를 마셔도 계속 몸이 떨리게 된다. 그렇다, 추위가 뼛속까지 스며들면 너무 늦은 것이다. 홍분은 사라지고, 온종일 따뜻하게 있고 싶다는 비참한 느낌만 남는다.

그것이 바로 내가 그날, 즉 개를 본 날, 약속 장소를 향해 간 이유다. 내가 '결별식'이라고 이름 붙였던 그 약속은, 찬물에서 나올 때처럼 혈관을 자극함으로써 힘이 솟아나게 하고 한 번 더 강렬한 힘으로 당신을 마비시키는 순간만을 기다린다. 나는 그 순간에 대한 지식을 가지고 있다. 남자들은 그것을 가지지 않은 것 같기에, 내가 그들을 위해서 항상 가져야 한다.

너, 너는 틀림없이 욕조에 들어가는 것만큼이나 자신만만하게 약속 장소를 향해 갔을 것이다. 적어도 내가 신경 쓰이는 것은 바로 그 생각이다. 어쩌면 나 자신의 영웅주의에 대해 안심하기 위해서인지도 모른다. 그것은 한 가지 이야기가 끝나고 내가 거기서 빠져나오려 애쓸 때 내게 남아 있는 유일한 깃이다. 사랑이 당신의 핏속까지 흐를 정도면 그 사랑을 떠나야 한다. 그다음은 너무 늦다. 이후 남는 것은 심한 한기와 저주받은 자의 슬픔뿐이다.

내가 개를 보았을 때, 널 생각했다. 얼음물이 마약으로 변하고, 채찍으로 변하고, 피 맺힌 미소로 변하기 전에, 뒤도 돌아보지 않고, 거기에서 빠져나오는 것처럼, 내가 결별을 선언했더라면 네가 어떻게 되었을지를 생각했다. 버림받았다고 생각한 너는 달리기 시작하겠지. 눈멀고 귀먹어서 죽음을 향해 달려가겠지. 고통의 망치가 관자놀이를 두드리고, 눈멀게 하겠지.

실제로, 너는 그런 행동을 하지 않았다. 개가 그랬고, 어쩌면 내가 그랬을 것이다. 버린 것은 나지만, 나는 버림받은 것 같은 기분이었다.

나는 고속도로의 개와 근접한 표현을 초상학에서 찾아보려 애썼다. 네가 현대미술관에 있는 도서관 사서 자리에 취직한 뒤 내게 가져다주었던 책들에서도 그런 것은 찾을 수 없었다. 그중 가까운 것을 고른다면, 프리다 칼로의 그림이 있다. 화살을 맞은 채 달려가는 새끼 사슴의 그림이다. 그

것이 무슨 동물이냐, 또는 눈에 보이는 상처가 있느냐 없느냐 따위는 문제가 안 된다. 상처에서 피를 철철 흘리면서 취한 자세가 문제다. 극도의 고통 속에서도 서 있을 수 있다는 것과 죽음의 문을 향해 달려가고 있다는 점이 유사하다. '달려가며 죽는다'는 것은 동굴벽화에 나오는 동물들의 특징이 아닌가 싶다. 좀 더 깊이 생각해보면, 고속도로의 개는 차라리 죽는 순간에 아름다움과 힘을 한껏 드러내는 쫓기는 사냥감에 가깝다. 내가 그것에 대해 간직하고 있는 영상은 동굴벽화만큼이나 상징적이다. 왜냐하면 그것은 주술적 가치와 기도의 가치를 가지고 있기 때문이다.

'달리자, 달려, 무한한 사랑에서 벗어나기 위해서.'

나는 어리석게도 네 품에서 너무 많이 울어버렸다. 내가 멋진 제물이었다는 것이 밝혀지자 갑자기 가슴이 찢어지는 것 같았다. 대중의 사랑을 듬뿍 받을 만하고, 오스카상을 휩쓸 만큼 아름다운 영화의 주인공. 오르가슴에 이어 흐르는 눈물. 나는 내가 눈물이 그렇게 많은 줄 몰랐다. 나는 눈물의 화수분이었다. 눈물은 도대체 어디서 나오는 걸까. 개를 보는 순간, 나는 그것을 알았다. 옛날에 누군가 나를 버렸

개의 날

다. 이후, 나는 세상 모든 사람을 버린다.

우리의 만남에는 항상 쾌락이 있었다. 우리가 원할 때면 어김없이, 그것도 총천연색으로 폭발했다. 우리는 언제든 쾌락을 얻을 수 있었다. 벽에 기댄 채 옷을 걷어 올리고서. 또는 그것을 십오 분씩 지연시켰고 침대는 점점 흐트러졌다. 그것은 손과 혀와 성기의 부드러운 동작, 은밀하고 점진적인 동작을 정지시키는 것으로 충분했다. 정지시키기, 후퇴하기, 그리고 다시 시작하기. 그런 식으로 점차 거대한 무언가가 나의 내부에 자리를 잡았다. 그것이 끓어오르면서 몸뚱이의 구석구석까지 힘이 뻗치면, 손가락과 발끝까지 경련을 일으키고, 바다 밑바닥에서 숨이 멎는다. 거기에서는 모든 동작이 사라진다. 나는 죽었다. 그리고 부활했다. 꽃망울이 터지기 직전처럼 한껏 부풀었다. 고속촬영한 어느 봄, 천사의 외침에 눈뜬 모든 무덤, 일격에 산산조각 나는 장애물, 도시의 성채와 집의 담장과 방 사이의 칸막이 벽들, 장롱 서랍들을 모두 파괴하는 폭탄, 가장 소중한 물건들인 보석과 말린 꽃과 향수를 가루로 만들어버리는 폭탄, 사진을 검은색으로 변화시키고 편지와 책들을 불사르고 모든 것을 양피지 상태로, 살짝 건드리기만 해도 부스러져버리는 종이 상태로, 어떤 목소리의 메아리에도 먼지가 되어버릴 것 같은 낙엽으로 만들어버리는 폭탄.

너의 목소리가 파편들 속에서 들려왔다. 절대적인 침묵 속에서, 부활 후 아직 움직이지 못하고 있는 내 육신을 향하여 너는 뭐라고 말했다. 나는 그때 너무나 헐벗은, 아주 민감한 영혼이었으므로, 눈물이 한없이 쏟아져 내렸고, 그 흐름 속에 이런 벽과 칸막이와 보석과 편지들과 최근 태운 재의 일부가 흘러 들어갔다. 더 이상 아무것도 나를 보호하지 못하며, 나를 그 안에 가두지도 못하기 때문에, 나는 텅 빈 공간이 되었다. 그 속에서 창조의 첫날 물 위에 선 창조주같이 너의 목소리가 소곤거리고 있었다.

그것은 지속될 수 없었다. 신이 되지 않는 한, 우리는 일주일 만에 이룬 천지창조를 벌받지 않고는 흉내 내지 못한다.

나는 성벽을 세우려 했다. 그래서 나 스스로에게 물었다. 나는 네가 너의 감정을 정확하게 묘사할 것을 요구했다. 왜냐하면 그 감정의 원천은 나이므로 나는 그것의 증인이다. 그러나 너는 침묵 속에 행동하기를 좋아했다. 너는 단지 나의 편협함을 지적하면서 나의 그런 점을 좋아한다고 말했다. 어느날, 아픈 아이의 얼굴처럼 홀쭉해진 너는 부드러운 목소리로 신음하듯 말했다. "나는 너무 보잘것없는 놈이야……" 그때 나는 너도 자신의 바닥까지 내려갔다는 것을 알았다. 우물 속 태양처럼 아주 시커먼 물의 표면에서 떨고 있었던 거다.

나는 두려웠다. "내가 무슨 특별한 것을 가지고 있는가?" 나는 네게서 떨어져 나오면서 말했다. 그 순간, 내 시선은 우연히 우리와 마주 보는 거울 속 내 모습과 마주쳤다. 나는 자연스러워 보였고, 미리 예상치 못했기 때문에 숨이 멎을 것 같은, 그리고 감탄으로 화석처럼 굳은, 단호하면서도 부서지기 쉬운 표정을 하고 있었다. 갑자기, 나는 내가 네게 어떻게 보였을지 알게 되었다. 그래서 내가 떠나는 것을 네가 왜 못 참는지, 그리고 내가 왜 너에게 순종하는지를 깨달았다. 무한한 사랑 때문에, 내 시선은 너의 시선이 되었고, 나는 나 자신과 사랑에 빠졌다.

개를 본 후, 나는 너무 놀라서 전적으로 이런 감정에 빠져들고 싶었다. 아니, 차라리 끝난 사랑만큼이나 객관적으로 진부한 무엇은, 이런 개의 잔인한 질주의 순간에 할 일을 찾을 수 없을 것 같았다. 나의 두뇌는 거대한 폭풍우에 시달렸다. 내가 그런 고통이 조금씩 사라질 때까지 기다리며 고통 속에 혼자 남겨졌다면, 계시의 차원에 속하는 무언가가 남아 있을 것이다. 그래서 나는 우리의 결별식을 위해 늘 가던 선술집으로 너를 만나러 가는 대신, 극장에 갔다. 내용은 하나도 이해하지 못했지만 아무튼 영화는 시시한 것 같았다. 나는 고통을 폭풍우에 내맡긴 채, 어둠 속에서, 자신에 대한 것이 아닌 다른 일들에 사로잡힌 사람들에게 둘러싸이기 위해 화면 앞에 앉아 있었다. 영상의 뛰어난 환각작용이 나를 너의 영향권에서 벗어나게 했고, 항상 내게 와 있는 너의 관심에서 벗어나게 했고, 하루 종일 나의 온 신경을 은밀하게 구속하는 네 생각에서 자유롭게 했다. 나는 개가 나의 내부에서 일깨워놓은 것의 영향권에 머물고 싶었고, 그 속에서 나를 사로잡았던 절망의 단단한 씨앗을 발견하고자 했으며, 처음으로, 사랑이 끝나는 것은 내가 살아 있기 때문이라고 생각했다.

　나는 단단한 씨앗을 발견하지도 못하고, 나의 절망이

어디에서 오는가 하는 물음에 답도 얻지 못한 채, 영화가 끝나기도 전에 극장을 떠났다. 다만 그런 문장이 하나 머리에 떠올랐다. '언젠가, 나는 버림받았다.' 그 문장과 관련된 추억은 아무것도 없으며, 구체적인 것도 없고, 단지 네가 약속 장소에서 너무 오랫동안 나를 기다렸을 거라는 생각만 났다. 너는 적어도 불행한, 아니면 분노에 찬 출발에 앞서 맥주를 두 병쯤 마셨을 것이다. 내 생각에도 화가 날 때는 그러는 편이 너답다. 그런 식으로 너는 여러 차례 나를 다시 차지했지만 이제 나는 너를 화나게 할 뿐이다. 아무런 기억도 나지 않는다. 너의 절망에 대해 여러 예측을 해본 뒤, 극장에서 이백 미터쯤 떨어진 곳에 주차해놓은 나의 차를 향해서 갔다는 사실 외에는. 비가 오기 시작했고, 보슬비는 전조등을 더 노랗게 보이게 했고, 시야를 더 어둡게 했다. 내가 깜빡이는 신호등을 보고 건널목을 재빨리 건너려 할 때, 갑자기, 희미한 어떤 빛이 나의 내부에서 생겨나 위험신호처럼 깜빡거렸다. 이 희미한 빛은 추억으로서가 아니라, 나의 어머니가 내게 가져다주었던 객관적 사실로서의 형태를 띠었다. 내가 태어난 후 우울증으로 고통받던 어머니는 리에브라는 이름의 네

덜란드인 유모를 두었다. 그녀는 무척 헌신적으로 나를 돌
보았다. 어느 날 리에브는 교통사고를 당한 자신의 오빠를
돌보기 위해서 갑자기 우리 곁을 떠났는데, 그때 나는 구 개
월밖에 안 되었다. 다음 날 유모가 없어진 나는 기억력이 없
는 아기에 불과했지만 깊이 생각해보면 그것도 버림받은 것
이라고 말할 수 있다. 적어도 주목할 만한 우발사고로 볼 수
있다. 왜냐하면 그 이후 나는 같은 과정을 되풀이하고 있기
때문이다. 나는 때가 되면 뒤도 돌아보지 않고 물건이든 사
람이든 버리는 탁월한 재능을 발휘한다. '필요 앞에서는 법
률도 소용없다'는 것이 내 인생 지침 중 하나다. 단 내 경우
에 필요란, 나의 유모가 자신의 오빠를 간호하려던 것처럼
외부적인 요인에 의한 것이 아니고, 내부적인 요인, 예컨대
사랑의 종말 따위에 의한 것을 말한다. 종말이 예상되면서
나는 기쁨의 원천이었던 그 샘물에서 더 이상 목을 축이기를
거부한다. 편지를 태우고, 사진을 찢고, 수화기를 내려놓고,
가능한 한 집을 비운다. 나는 미련 따위는 갖지 않는다. 비탄
이 그런 감정을 대신한다. 나의 운명을 스스로 가여워하기
를 거부하고, 그 운명은 나 자신이 택한 것이라고 스스로에

개의 날

게 다짐하고, 온갖 상처를 무감각하게 만들 수 있는 생각을 하면서 나 홀로 가야 하는 추운 허허벌판의 풍경에서 오는 비탄에 잠긴다.

나는 너를 떠나기로 했다. 그것은 파도의 높이에 근거한 합리적인 결정이었고, 나의 습관대로 후회 따위는 하지 않았다. 그런데 왜 그 개를 보고 충격을 받았을까? 왜 그 개와 네가 관계가 있다고 생각했을까? 그리고 왜 그 광경은 나를 참을 수 없게 만드는 것들을 끊임없이 상기시키는 걸까? 내 얼굴 위에 내려앉던 너의 세심하고 긴 손에 대한 추억, 약간 쉰 듯한 너의 목소리에 대한 추억. 그 목소리는 영원히 다른 목소리로서 접근할 수 없고 이상적인 새로운 음역으로 옮아가려는 것 같다. 그것은 아마도 너의 목소리와 나의 것이 정확히 반반씩 혼합된 소리일 것이다.

어느 날, 누군가 나를 버렸다. 나는 리에브보다 더 먼 과거, 아픈 어머니보다 더 먼 과거를 추적한다. 어린 시절 저 너머까지 추적해보지만 그게 누구인지 찾지 못한다. 단지 내가 아는 것은 이제 더 이상 네가 나를 애무해주었듯이 애무해줄 사람이 없다는 것뿐. 너의 부드럽고 세심한 애무는 내 얼굴을 내 몸뚱이 전체의 축소판으로 만들고는 했다. 내 얼굴이 네 손 안에 있을 때, 너는 전부를 가진 것이었다. 네 손가락이 내 입으로 들어오고, 네 혀가 내 귓속으로 파고들 때, 그것은 은밀한 성교였으며, 침대에서의 사랑과 마찬가지로 자극적인 것이었다. 이런 표현이 가능하다면, 그것을 안면의 오르가슴이라고 하자. 우리는 그것을 어디서나, 즉 차 안에서, 레스토랑의 한구석에서, 사람들의 주목을 받지 않고서도 즐길 수 있었다. 거기에 도달하려고 천천히 은밀하게 '노력하기'란 나로 하여 나를 둘러싸는 모든 것을 민감하게 의식하도록 만들었다. 내 얼굴 위에서 일어나는 동작들은, 육체적 애무가 그렇듯 나를 자신의 한가운데로 돌려보내는 것이 아니라, 황홀경의 일보 직전에 나를 위협하는 날카로움으로 내 주의를 외부로 돌려놓는 것이었다. 하루는 우리가 차에 있을 때, 부드러운 조명을 받은 하얀 로지아(한쪽 벽이 없이 트인 방이나 홀)가 광장의 한쪽 면에서 떨어져 나와 나를 향해 다가왔다. 마치 나의 정신을 그곳에서 잠재워주겠노라고 말하는 것처럼. 네가 내 얼굴을 가지고 못살게 굴 때, 나의 정신은 마음대로 사방으로 떠돌아다녔다. 너의 입술이

　　　　　　　　　　　개의 날

나의 눈꺼풀에 내려앉아서 눈을 감지 않을 수 없는 순간조차도, 나는 건물의 회색 벽을 배경으로 산뜻한 느낌을 주는 선명한 색상의 목재 가구들이 놓인 섬세한 진열창 안으로 옮겨 앉은 기분이었다. 거기에서 나는 몇 분 동안 부드러운 램프 불빛을 갈망했다.

한 가지 오해가 있었다. 너는 내가 너를 사랑하는 것보다 더 많이 나를 사랑한다고 자주 말해왔다. 나는 사랑을 받고, 강렬한 감정으로부터 자신을 보호하는데, 너는…… 사냥 중이고, 최면상태이고, 희망과 절망으로 경직되어 있고……. 그러나 이 모든 것은 사실이 아니다. 나는 고속도로에서 그 개를 본 이후 그것을 깨달았다. 내가 그 개이며, 너는 그 개의 주인이다. 나는 그 개를 위해 울었다. 얼마나 어리석은 짓인가! 동정심일까 아니면 절망의 이면일까. 학살을 은폐하기 위한 교훈적 감정이다. 언젠가 누군가 나를 버렸다. 사랑. 사랑은 항상 당신들을 버린다. 아무리 짧은 순간의 사랑이라 하더라도. 아니다, 사랑은 처음부터, 환희의 순간에도 당신들을 버린다. 그때 이미, 태양은 우물 속에 가라앉고, 검은 물 아래 버려진 개가 있는 것이다.

나는 개를 내 품에 꼭 끌어안아 죽음으로부터 구출해 내고 영원한 감사의 표시를 그것의 눈 속에서 읽고 싶었다. 내 평생 동안 의무는 한 가지뿐이었다. 어떻게 해서든지 그를 차지하는 것이었다. 매일매일 그에게 충실할 것. 먹이고, 산책시키고, 애무해주고, 나직한 목소리로 속삭여주고, 아니면 소리쳐 부르며 복종을 요구하는 것. 그 짓을 죽을 때까지 계속해야 할 것이다. 그때 고속도로에서 살아남기 위해서 그렇게 치열하게 싸웠던 그 동물처럼 정말로 온 힘이 다 빠져 나갈 때까지. 그렇다, 나는 그의 절망을 섬기는 숫처녀이고 싶고, 그 불꽃을 유지하고 싶고, 그토록 몸부림치는 몸뚱이 와 곧 힘이 약해져버릴 그 근육을 존경하고 싶었다. 이 개에게 죽음의 순간이 예고될 때, 나는 그 개를 끌어안음으로써, 죽음의 고비를 넘기도록 도와주고 눈물을 흘릴 것이다. 내가 너와 함께 사랑을 나눈 후 그러는 것처럼. 그 눈물은 설명할 수 없는 엄청난 고통 때문이며 그것은 신비한 힘으로 나를 정화했다.

영화가 끝나고 불이 들어올 때, 어떤 관객은 시선을 여전히 화면에 두면서도 너무 빨리 일어나서 자리를 떴다. 어떤 관객들은 손수건을 코에 대고 눈시울을 붉힌 채 그대로 앉아 있었다. 나는 어떻게 했는지 모른다. 내가 어떻게 영화관을 나왔는지, 또 그런 교훈적인 이야기를 좋아했는지 싫어했는지 나도 모른다. 오늘도 나는 우리의 뒤얽힌 몸뚱이에 대한 추억을 소중하게 여기는지 혐오스러워하는지 아직 알지 못한다.

너는 아주 잘 지내리라 믿는다. 나는 어제 우연히 레코드가게에서 너를 다시 만났다. 우리는 같이 커피를 한 잔씩 마셨다. 우리가 더 이상 사랑을 나누지 않으리라는 것은 확실한 사실이다. 우리는 이 이야기가 끝나서 다행이라고 서로 고백했다. 너는 아주 친한 친구처럼 다시 만나기를 희망한다고 덧붙였다. "사랑해"라고 네가 말했고, 이 감정은—이것도 하나의 감정이라면— 앞으로, 이따금 같이 영화를 보거나 술을 한잔하기 위해 나를 만나고 싶다는 너의 욕망을 정당화해줄 것 같다. 힘껏 싸워서 얻어낸 묵계의 안락함을 연장하는 것, 더 이상 서로 할 말이 없는 육체가 위험부담 없이 접촉을 경험하는 것. 대충 그런 종류의 상황이 아닐까.

우리는 서로에게 성실한 것인가 아니면 다만 형식을 존

중하는 것인가? 마치 이미 잘 다듬은 편지에 겸손의 말을 덧붙이는 것처럼. 아름다운 감정만큼 안심시켜주는 것은 아무것도 없다. 그런 차원에서, 우리의 결별은 모범적이었다. 개를 본 날, 나는 너와의 약속 장소에 가지 않았다. 다음 날, 편지 교환으로 우리에게 남아 있던 저항감을 누그러뜨렸기 때문에, 다시 얼굴을 마주치는 일 없이 다만 고상한 몇 마디 말로 우리는 깨끗이 끝냈다. 그런데 어제 카페에서, 상황을 잘 알면서 스스로를 믿는 우리는 묘지에 놓는 화관에나 쓰일 미사여구, 즉 지극히 의례적인 말을 주고받았다.

"그때 참 좋았어."

"아무도 너만큼 나를 이해하지 못해."

"다시 만나자."

"그래, 그러고말고."

우스꽝스러운 반창고. 한 부상자가 자기만큼 다친 다른 부상자에게 의지할 수 있을까?

네가 그 개를 보았더라면, 너는 이해했을 거다. 목이 쉬도록 고함을 쳤다. 나는 너무 먼 거리에 있었기 때문에, 고통과 우울로 흥분해서 반미치광이가 되었다. 이것이 바로 이면

개의 날

에 대한 설명이다. 표면은 우리가 얼마 전부터 우리 자신에게 시도하자고 주장했던 것, 즉 사랑을 우정으로 대체하는 것인데, 그것은 겉보기에는 단순하고 명료한 조작이다. 그러나 이상한 접목이다. 내가 기억하는 한, 그것은 결코 성공하지 못한다. 우리가 갇힌 자들인가, 새로운 인간성의 대표자들인가? 어제 저녁 카페에서 내가 우정의 이름으로 네 입술을 거절할 때 라디오에서는 새로운 게임을 소개하고 있었다. 그 게임은 어떤 쓰레기통에 대고 사랑을 선언하는 것이었다. "오, 쓰레기통이여, 너의 날씬한 모습은…… 넘쳐흐르는 네 옆구리에서 끌어낸 취기는……" 나에게 온통 정신이 팔린 너는 그때 마침 두 손을 벌리고 있었다. 두 손 사이에는 정확히 내 엉덩이가 들어갈 만큼의 간격이 있었다. 너의 벌어진 손가락들은 열정적으로, 포마이카 테이블과 아이스크림 메뉴가 너로부터 갈라놓고 있는, 그리고 네 앞에 앉아 있는 내 살의 부피만큼을 유지하고 있었는데, 나는 마치 너의 두 팔 사이에서 이등분되고 투명해진 내 몸뚱이, 즉 무한한 사랑의 유령이 된 기분이었다. 너는 이렇게 말했다. "아무도, 아무도 내게서 널 빼앗아가지 못할 거야." 나는 여전히 네 입술을 거부했고 내 가슴은 경련을 일으켰다. 나는 담배를 한 개비씩 피워대면서 조용히 눈물을 흘렸다. 갑자기 작은 목소리가 나의 내부에서 튀어나오기 시작했다. 우상파괴주의자의 목소리는 즐겁게 속삭였다. "오, 무한한 사랑이여! 나의 이성과 유머와 생명조차도 파괴하는 자, 연가의 쓰레기처리장, 숭고하면서도 텅 빈 쓰레기통…… 나는 영원히 너를 혐오한다!" 난 갑자기 담뱃불을 짓이겨 끄고, 너에게 미소를 보내면서, 생크림 속에 작은 파라솔이 꽂히고 초코시럽이 흘러넘치는 아이스크림을 하나 주문하고 싶어졌다.

자전거를 타고

무릎이 아팠지만, 간밤에 불면증을 무사히 넘겼다. 그것은 주목할 만한 일이다. 아마도 그 이유는 내 침대에서 좀 떨어진 곳에서 실을 잣는 거미 때문이었던 것 같다. 몇 주 전, 낮에는 자전거를 타고 고속도로를 누비고 다니고, 밤이면 잠을 청하던 때 같았으면 몹시 무서워했을 것이다. '천장의 거미 한 마리'가 가장 내면적이고, 가장 확실한 나의 현실이었다. 그리고 나는 나 자신의 화신 같은, 물기와 기름기가 없는 이 벌레와의 대면을 참을 수 없었을 것이다. 우울증은 아직 광기의 형태가 아니라는 전제하에, 나는 아직 미치지 않았지만 곧 정말로 미쳐버릴 것이다. 아무튼 광기는 그 표현방식에 있어 집을 짓는 거미와 비유할 수 있다. 그것은 천천히, 실을 분비하기 위한 휴지기를 가지며 집을 짓는다. 광기에서 문제되는 것은 실이 아니라 흔적의 거대한 혼선이라는 것을 제외하고 둘은 같다. 그 혼선은 일시적 소강상태를 거치지만 폭풍우를 피할 수 없다. 낮 동안 몇 시간씩 고속도로를 달리며 페달을 밟는 것은 근육과 의지의 끈기를 최대한 이용하는 것이지만 다음과 같은 징후의 질병을 치료하지는 못한다. 내가 원하는 것이 무엇인지를 모르는 병. 즉 어디로 가야 하는지, 어떻게 처신해야 하는지, 어떻게 자신의 생각을 해로운 벌레처럼 짓이겨버리는지, 어떻게 땅에 닿는지, 어떻게 풀과 보도를 자신의 깨끗한 구두로 디디는지, 어떻게 빵을 오래 씹으면서 그 맛을 정의하는지(그러나 빵의 맛 자체가 정신적 이미지 속에 새겨져 있고, '맛'이라는 단어는 당신의 두뇌를 삼키고, '빵'이라는 단어는 괴상한 효모처럼 두뇌를 반죽한다), 어떻게 미지근한 목욕물 속에 오랫동안 머무는지, 어떻게 당신을 구하기 위해 물을 애원하고, 당신의 모공에게 말을 하고, 미지근하고 비누 섞인 물을 마시고, 토할 생각으로

개의 날

해독제인 양 비누를 핥는지, 어떻게 집요하게 수음을 하고, 그것이 마치 정신적 고통의 추인 양, 소위 '성적性的'이라고 정의되는—추는 두뇌 속에 뿌리를 두고 계획이 충족될 때는 집요하게 거부한다— 쾌락의 운반기관을 다시 세우려고 하는지, 운반되는 것, 먹는 것, 만져지는 것 또는 여과되는 것이 무엇인지 생각하고, 근육, 아래턱, 관절, 괄약근의 힘으로 그것을 생각하고, 생각을 조절하는 대신에 두뇌가 없는 곳이면 어디에나 생각을 놓아두고, 육체의 표면을 향해 그것을 밀어내서 피부에 스며들게 하는지.

그 지경에 이르렀을 때는 거미 한 마리를 본다는 단순한 사건도 당신을 지옥에 떨어뜨리기에 충분하다.

간밤의 거미는 아름다웠다. 약간 홀쭉한 몸뚱이, 아주 가느다랗고 터무니없이 긴 다리, 그것은 허공에서 섬세한 동작으로 아래쪽으로 더듬거리며 내려오고 있었다. 마치 무게나 온도나 미세한 공기의 흐름을 재려는 듯이, 집의 윤곽을 미리 허공에 그려보는 듯이, 그리고 인생이 충족되는 신비한 한계—전 생애, 죽음이 포함된 생애—에 대한 인식을 그리는 듯이. 길게 볼 때, 먹이의 포획은 이런 느리고 외로운 춤,

중력에 맡겨진 무기력한 다리에 달려 있었다. 짧게 보면, 그 것은 곧 팽팽해질, 눈에 보이지 않지만 실재하는 실이었다. 왜냐하면 이따금 거미가 멈추고, 마치 낚시그물을 다시 올 리듯이 긴 다리를 다시 들어 올리고, 자신의 몸통 주위로 그 것을 모아서 위로 걷어 올렸기 때문이다. 그것은 그 동물을 천장에 연결해주는 단단한 실의 존재 없이는 불가능했을 조 작이다.

거미는 부드럽게 균형을 잡으면서 내 침대의 다리로 연 결하는 작업을 시도하는 것 같았다. 어쩌면 내 얼굴로 접근 해서 그 위로 기어갈지도 모르는 일이었다. 죽여버리든지 상 자 속에 가둬버림으로써 그것을 무기력하게 만들어버릴까 하는 생각이 한순간 머리를 스쳐갔다. 좀 더 생각해보니, 그 것을 잡는 일은 불가능함이 밝혀졌다. 왜냐하면 거미들은 그들이 공중에서 작업을 하는 것만큼 번개같이 민첩하게 후 퇴하는 기술을 가졌기 때문이다. 더구나 이 거미는 너무 아 름다웠고, 나는 너무 오랫동안 넋을 놓고 지켜보았던 것이 다. 그래서 나는 내 얼굴이 이 동물의 무게를 느끼며 불쾌한 애무를 당하게 되더라도 흔들리지 않으리라 다짐하고 좀 더

개의 날

기다리며 지켜보기로 했다. 그러고는 찔릴 위험을 무시하고, 단지 무릎 통증을 의식하면서, 가슴속에서 심장이 뛰듯이 집요한 거미 한 마리가 내부에서 은근하게 통증을 자극하고 있는 것 같다는 생각을 하며 잠이 들었다.

오늘 아침 잠을 깼을 때, 거미는 정확히 내 얼굴 위 허공에 매달려 있었다. 내가 숨을 조금만 세게 내쉬면 그것은 균형을 잃고 내 이마 위로 떨어질 것 같았다. 나는 거기서 어떤 행복한 전조를 보았다. 왜냐하면 나는 그 괴물을 길들여서, 어쩌면 내 이마에서 나온 열로 그것의 착지점을 바꿀 수 있었기 때문이다. 이때부터는 나도 거미의 일거일동에 영향을 미치게 되었다. 그 잡힐 것 같지 않은 곤충이 내 얼굴에서 나온 빛의 그물에 잡혀 있다고 할 수 있었으니까.

이 빛이 어디에서 나오는지 알 것 같다. 나는 내 무릎 안에 어떤 짐승 같은 것을 가지고 있다. 상처가 있는 장소에서 심장 같은 것이 팔딱거리고 있다. 그 개 때문에 나는 부상을 당했다. 아니, 그것이 고속도로에 출현했기 때문이라는 표현이 더 정확하다. 나는 급하게 핸들을 꺾다가 자전거와 함께 넘어졌다. 그날, 나는 모든 일에서 그러듯이 거기에서 죽음의 기회를 보았다. 그것은 어쩌면 오래전부터 내가 기다려온 가장 정당하고 적절한 기회인지도 모르는 일이었다. 그러나 나는 죽지 않았다. 죽을 수 있는 절호의 기회에 나는 짐승처럼 호흡하는 상처를 하나 얻는 것에 그쳤다. 그리고 아주 오랜만에 처음으로 내 생각을 정리해본다.

옛날에, 즉 내가 자전거를 타기 전에는, 생각을 정리하는 것이 불가능했다. 그래서 나는 자전거라는 해결책을 찾아낸 것이다. 혼자 자전거를 타고 고속도로를 달리는 일은 복잡한 생각을 정리하는 데 그만이었다. 복잡한 생각의 시작은 아마도 내가 '헬로프루츠'를 떠나던 때보다는 그 며칠 뒤세르지오의 생일부터였던 것 같다. 내가 실직했다는 것을 모두에게 알리던 바로 그 순간부터 시작되었다.

헬로프루츠의 지배인인 루프 부인을 모욕한 사실은 내인생에서 가장 짜릿한 순간을 맛보게 해주었다. 어쩌면 인생의 전환점을 맞을 용기도 그 순간에서 비롯되었는지도 모른다. 그것은 아버지가 나를 넘어지게 내버려두었던 시절 이후, 다소 흥미롭고 사소한 일들이 많았던 한 시기다. 나의 사생활을 한마디로 말할 것 같으면, 게이바 또는 사우나의 뒷

방에서 가끔 정사를 나누는 독신생활이라고 할까. 나는 파리 시 북구의 어느 아파트 칠 층에 방을 세내서 지내지만 집으로 사람을 데려가지는 않았다. 다만, 정신적으로나 도덕적으로 곤경에 처한 친구들, 내가 귀 기울여주고 충고해줄 필요가 있는 친구들은 예외였다. 이따금 지속적으로 오는 사람이 있기는 해도 연애를 한다거나 사랑하는 사이라고는 할 수 없다. 기껏해야 바람기다.

"당신은 너무 오랫동안 나를 착취해서 돼지가 됐어."

나는 주인을 아래위로 훑어보면서 말했다. 뚱보인 루프 부인은 나날이 더 뚱뚱해졌다. 양 볼이 처진 얼굴, 정맥이 드러난 다리, 빨랫방망이 같은 팔뚝, 만화에 등장하는 정육점 주인 아주머니처럼 뭉툭한 손가락. 그렇지만 그녀는 과일만 팔았다. 바구니로 팔 때는 나의 기막힌 솜씨를 발휘해 손님 주문대로 정교하게 담은 모듬 과일 바구니가 인기였다. "보라고!" 나는 그녀의 배를, 그리고 얼굴을 턱으로 가리키면서 덧붙여 말했다. "사과 위에 배를 얹어놓은 꼴이군! 먹음직스러운 과일들이죠, 루프 부인. 하지만 속은 다 썩었어, 썩었다고, 썩었어!" 나의 사무치는 증오심은 이 말을 통해서 뿜어져 나왔고, 몇 달간 당한 수모로 살기등등해진 나의 시선은 작고 동그란 그녀의 눈을 뚫어져라 바라보았다.

그녀와의 마찰은 내 옷 입는 방식에 관한 잔소리부터 시작되었다. 우선, 그녀는 내 보석들, 로라가 만들어준 보석들, 사파이어가 박힌 브로치, 꼬아서 만든 은 귀걸이, 칼 모양의 얇은 주걱처럼 끝이 납작한 못들로 마무리된 쇠사슬 목걸이를 싫어했다. 내가 속옷을 입지 않고 알몸에 입은 투명한 인디언 셔츠 때문이 아니었다. 어쩌면 그녀는 단순히 게이를 싫어했는지도 모른다. 아니면 적어도 나처럼 전형적인 사람, 쉽게 조절할 수 있는 사람을 싫어했을 수도 있다. 그녀는 세르지오처럼 낯가죽이 두껍고 콧수염을 기른 남자에게는 적대적이지 않았을 것 같다. 또는 이그나즈의 번들거리는 시선, 나이에 비해 너무 일찍 벗겨진 머리, 재단이 잘된 그의 양복 따위도 비난하지 않았을 것이다. 그러나 이그나즈도 세르지오도 샴페인 한 병과 여러 가지 과일, 즉 파인애플, 키위, 무화과와 망고, 감, 석류, 배와 바나나, 사과와 포도 등등을 계절과 유행에 따라서, 그리고 고객과 주문에 따라서, 사랑하는 여자를 위해, 비서들의 축제를 위해, 호텔 로

비에, 스타가 묵는 방에, 결혼 선물로, 크리스마스 장식으로, 정열적으로 또는 우아하게 배합하는 일은 할 수 없었을 것이다. 이그나즈도 세르지오도 아무리 시장을 뒤져봤자 버들 광주리와 그 내용물들을, 즉 금속 랜턴, 전등갓, 화병, 중국제 질그릇, 인도네시아제 상자, 만돌린, 작은 구리 냄비, 깃털 부채 등 손님들을 깜짝 놀라게 하고 다시 찾아오고 싶게 만드는 소품들을 찾아내지 못했을 것이다. 아무튼 이그나즈도 세르지오도 나만큼 루프 부인의 눈에 들지 못했을 것이다. 그러나 그들이 다니는 편한 일자리에는 루프 부인 같은 사람이 없다. 아니, 그런 부인이 있다면, 그녀는 정보처리사나 고급 기성복을 입고 일하는 사람들의 무리 속에 섞여 있을 것이다. 이런 사업가나 노련한 장사꾼 양성소에서는 양복을 입고 넥타이를 매도록 하기 위해 성차별을 생각할 필요는 없을 것이다.

복장은 핑계에 불과하다. 사실 내가 생각하기에, 루프 부인은 내가 미남이고 더구나 과일 배합 솜씨가 너무 뛰어나다는 점을 참지 못하는 것 같다. 내가 가게에 온 이후 매출액이 눈에 띄게 늘었고, 이상하게도 루프 부인의 살의 부피도 그만큼 늘어났다. 그녀는 빠지는 머리카락들과 함께 환상을 깨야 하는 나이였다. 왜냐하면 여자들은 머리카락이 많이 빠지기 때문에, 그리고 루프 부인의 검은색 원피스—아니 검은색 원피스들이라고 해야겠다— 칼라 위에는 무시할 수 없을 만큼 많은 머리카락이 항상 떨어져 있기 때문이다. 내가 '검은색 원피스들'이라고 한 이유는, 그녀가 점점 비대해져서 매달 새 모델로 옷을 맞춰야 하기 때문이다. 나는 못생긴 사람은 싫어한다. 아니, 싫어하는 정도가 아니라 참을 수가 없다. 한 도시에서, 한 국가에서, 아니 지구 전체에서 가장 아름다운 남자들은 호모들이라는 사실은, 그리스 시대 이후부터 지금까지, 즉 영원히 진리다. 우리의 시선은 못생기고 칠칠치 못한 것들에 자주 부딪히는 일에 익숙지 못하다. 우리는 자신의 외모에 상당히 신경을 쓴다. 나는 이 원칙에 예외를 보지 못했다. 적어도 내 친구들 중에서는. 아무튼, 루프 부인은 내가 못생긴 사람들에게 가지는 혐오감을 아름다움에 대해 가지는 것 같았다. 우리의 만남이 실패한 이유는 바로 거기에 있었다. 날 더욱 미치게 하는 것은, 그녀가 내 작품 사진이 붙은 앨범을 가지고 있다는 점이다. 그녀는 아마도 고객을 유혹하고, 나의 후계자도 똑같은 천재성을 가셨을 거라고 생각하게 만드는 데에 그것을 이용할 것이다.

모든 것은 때가 있는 법이다. 곡예사의 재주도, 철사같이 팽팽한 정신력도. 아주 사소한 일이라도, 짧은 기간 동안에 시작이 있으면 끝이 있다. 언제나 어려움을 잘 극복하는 녀석의 역할을 하는 것도, 끝없이 적응하는 능력을 발휘함으로써 매력적으로 보이는 것도……. 어느 날, 루프 부인 같은 여자가 당신을 개처럼 길에 내버린다면, 당신은 친구들과 함께 진지해지고 싶고, 한번 벌거벗어보고 싶고, 여러 사람에게 그런 긴급사태를 알리고도 싶을 것이다. 사건이 일어난 바로 그때에. 그 뒤 몇 주가 지나고 일자리를 다시 얻은 후가 아니라, 바로 그 버림받은 순간에 말이다. 그러므로, 나는 세르지오의 생일잔치에서, 식사가 시작되기 전에, 운을 뗐다. "나는 루프에게 욕을 했어, 끝장을 냈지, 확실하게…… 내가 그 여자에게 뭐라고 했을지 알아맞혀봐……" 모두들 손에 술잔을 든 채 내 말에 귀를 기울이며 감탄했다. 나는 성공한 내 주인들을 풍자적으로 말해서 웃음거리로 만들 때 외에는 나에 관해 말한 적이 한 번도 없다. 그러던 내가 뻔뻔하게 그들 중 하나를 정면으로 공격한다고 상상해보라. 더구나 루프 부인의 아무 때나 발동하는 사디즘은 내게 좋은 본보기를 보여주었으니…… 나는 갑자기 그런 존경심이 우러났고, 거기서 보낸 저녁 열여 시간에 대한 보상으로, 구경꾼들을 즐겁게 해주기 위해서 유언을 쓰는 심정으로 덧붙여 말했다. "그 결과, 나는 일자리를 잃었는데……" 미소들이 약간 경직되었지만, 나는 계속 말을 이어갔다. "뭐, 될 대로 되라지……" 이것은 정말로 진부한 말이었다. 그래서 화제를 바꿔야 할 것 같은 느낌이 들었다. 갑자기 한 문장이 입 밖으로 튀어나왔고, 내게 일어난 일이 무엇인지 생각해볼 겨를도 없이, 그 문장은 어항에서 건져낸 물고기처럼 모임에서 팔딱거리고 있었다. "나는 더 이상 일자리를 찾지 않을 거야. 매번 일자리를 바꾸는 것도, 바뀐 일자리들로 꽉 찬 이력서를 제출하는 것도 다 지겨워." 그다음에 아주 자연스럽게, 나는 그동안 내가 침묵을 지켜왔던 것, 즉 이런 내면의 재앙에 대한 일반적 상황을 이야기하기 시작했다. 나의 아버지가 이 년 전에 집에서 나를 내쫓은 사실부터 그들에게 설명했다. 아버지는 그때 내게 이렇게 말했다. "남들처럼 정상적으로

개의 날

살든지 떠나서 영원히 돌아오지 말든지."

"'남들처럼 정상적으로'라는 말은 시험에 합격하고, 직장을 얻고, 여자를 만나 결혼을 하고 아이를 만들고, 뭐 그런 거 아니겠어?" 나는 세르지오와 나머지 사람들을 위해 도발적인 표정으로 덧붙였다. 어떤 친구들은 웃어젖혔고, 나머지들은 난처한 표정을 지었다. 인정 많은 로라는 나에게 다가왔다. "너는 나에게 그런 얘기를 한 적이 없어. 필, 너의 아버지 얘기 말이야⋯⋯" "사랑하는 로라, 내가 나에 관해 당신에게 말하지 않은 것은 남들처럼 근심 걱정이 없어서가 아니었어요." 나는 말을 잇기 전에 한 바퀴 둘러보았다. "집에서 버림받고, 학비 낼 돈은 없고, 그래요, 빈털터리로 밖에 팽개쳐졌어요. 그리고 계속 이런 상태죠. 한번 궤도를 벗어나면 영원히 그 모양이라고요. 누군가 당신을 다시 궤도 위에 올려놓을 거라고 믿어봤자 소용없어요. 얼마 안 가서 우리를 더 이상 필요로 하지 않게 될 사람들, 즉 루프 부인 같은 사람에게 걸려들고 말아요. 그리고 당신들도, 당신들도 더 이상 나를 필요로 하지 않는다고요. 그리고 나 역시 아무도 필요없어요, 아무도!" 친구들은 깜짝 놀라서 나를 바라보고 있었다.

　내가 아무도 필요없다고 했기 때문에 무력해진 그들.
내가 그 말을 되풀이할 때, 로라는 꼼짝 않고 말없이 있었다.
평소에 그녀는 내가 그녀의 손길을 원한다고 생각할 때면 내
뺨을 어루만져주거나 내 머리카락 속으로 손을 넣어 애무해
주기도 했다. 그들은 모두 내게 충분한 우정을 보여주었다.
그래서 나는 공개적으로 그들에게 나의 실직을 알리고 내가
얼마 전부터 가족에게 버림받은 인간이라는 사실까지 밝힐
수 있었던 것이다. 이런 고백을 할 때까지, 그들은 나를 믿었
고, 내가 항상 잘 헤쳐나갈 것이고, 무슨 수를 쓰더라도 지
칠 줄 모르고 다시 일어날 것이라고 믿었다. 나는 그들에게
부담을 준 적이 한 번도 없고, 내 마음 내키는 대로 행동해
서 그들을 귀찮게 한 적도 없다. 오히려 반대로, 나는 밤낮없
이 언제나 누구든 속마음을 털어놓으면 들어주는 역할을 했
다. 이제 내 차례가 되었는데, 그 역할을 해줄 사람이 아무도
없었다. 당연하다. 내가 다른 사람들의 상처를 돌봐줌으로
써 대리로 내 인생을 치유하는 것에 만족해온 최근 몇 년 동
안, 사실 나는 연민의 무게로 친구들에게 부담을 주어왔다.

　　　　개의 날

나의 자발적 폭로는 아무도 감히 열지 못한 선물 꾸러미요, 절망의 냄새가 지독한 고녀의 비명이었다. 그리고 이 절망이 세르지오의 기실에서 구체화되었을 때, 내가 마음을 잠깐 열어 보이고 모두 그 안에 무수한 칼자국이 난 꿈틀거리는 살이 있는 것을 보았을 때, 그들이 내게 내린 판결은 침묵이었다. 내가 가깝다고 믿었던 사람들이, 실제로는 오직, 나에게 타인의 행복을 고려하는 고상한 마음을 표현할 기회를 줄 때, 그리고 나를 그들을 위한 누군가, 즉 서비스업의 기술자, 또는 루프 부인처럼 소위 고용인이라는 이름을 함부로 달고 다니는 현대판 노예주의자들의 놀림감으로 느끼도록 할 때에만, 그들의 가까움을 과시했던 것처럼. 이그나즈와 세르지오는 안정적이다 못해 눈부시기까지 한 위치를 확보하고 있었기 때문에, 동정하는 마음을 가질 필요도 기회도 없었다. 로라는 어떤 포만감에서 오는 연민의 정을 가졌을 뿐이다. 그녀의 창조 작업의 성공과 관련된 행복이 그녀를 질식시키거나 거만하게 만들어서 이미지를 손상할 위험이 있을 때에만, 그녀는 동정적이게 되었다. 그녀는 내게 관심을 가지고 애무를 선사하고 미소를 보냄으로써 스스로 정화하고는 했다. 그런 동정은 그녀에게 큰 위안을 주었고, 그녀를 인간적으로 만들어주었다. 그날 저녁, 세르지오의 파티에서 내게 일어난 일이 바로 그런 것들이었다. 순간적으로, 이제부터 아무도 나를 도와주지 않으리라는 것, 그리고 앞으로는 친구들의 무능함에 나도 무능함으로 답하리라는 사실을 깨달았다.

개는 더 이상 의지할 사람이 아무도 없었다. 그렇지만 나를 포함해서 그 개를 구하려고 한 사람이 적어도 반 다스나 되었다는 것을 기억한다. 우리는 소리를 지르고 손짓과 발짓을 해가면서 고속도로 주변에서 열띤 응원을 보냈지만, 하늘만큼이나 광대한 무능력만 확인했다. 나는 두 여자와 두 남자를 보았다. 두 여자 중 한 명은 차에서 내리기를 거부했고, 그녀와 함께 타고 있던 뚱뚱한 처녀는 무척 당황한 것 같았다. 두 남자 중 선량해 보이는 친구는 검정색 터틀넥 스웨터를 입고 있었고, 다른 한 남자는 트럭 운전사로, 자신의 트럭에서 내려 다른 차들에게 속도를 늦추라는 수신호를 보내고 있었다. 다시 생각해보니, 또 한 여자가 있었던 것 같지만 그녀에게는 전혀 신경을 쓰지 않았다. 난 특히 트럭 운전사가 기억난다. 그는 내가 넘어진 후 내 눈에 들어온 첫 번째 사람이었기 때문이다. 한순간 나는 그가 내 주의를 끌려고 그러는 줄 알았다. 왜냐하면 나는 무릎의 통증이 너무 심해서 한참 동안 땅바닥에 주저앉아 있었기 때문이다. 그러나 실제로 그는 급정거한 다른 운전자들과 마찬가지로 개를 보고 있었던 것이다.

내가 왜 넘어졌을까? 아니, 그것은 적절한 표현이 아니다. 무슨 신비한 힘이 내 시선을 왼쪽에 있는 중앙분리지대를 달려가는 개에게 집중시켰을까? 개와 나 사이에서는 많은 차량이 소음도 요란하게 달리는 중이었는데. 대체로 나는 앞만 똑바로 보고 달리는 편이다. 그러니 나는 두 손으로는 여전히 핸들을 잡은 채 그 개를 발견하고 고개를 돌릴 준비가 되어 있었다는 결론이다. 그리고 그것은 예기치 않은 고통스러운 사고를 불러일으켰다. 나는 아마도 외로운 질주 끝에 나도 모르게 정신건강이 악화되고 절망의 구렁텅이에 빠져 있었던 모양이다. 그런 상황은 점진적으로 이루어졌다. 세르지오의 생일 이후, 내가 일자리를 잃었다는 것을 모두에게 발표하고 자전거를 타고 고속도로로 나섰다. 그날 저녁, 나는 자유와 습한 공기에 도취되었고, 그 후 매일매일이 그랬다. 초기에는 밤에 구급차나 고장 난 차가 긴급 정지할 때만 사용할 수 있는 갓길로만 달렸다. 나는 술을 마시거나 마약을 한 사람처럼 달렸다. 피에 산소가 몰려들면서 피어오르는 취기와 자전거의 소음이 뒤섞여 제2의 단계로 접어들 수 있는 순간을 기대하면서. 즉 '환각상태'가 곧게 뻗은 잿빛의 띠 모양을 이루면서 미친 듯이 돌아가는 불길한 생각을 대체하고 마침내는 생각을 순수하고 단순하게 만들어버리는 단계를 원했다. 이런 중독증세 덕분에, 내 자전거는 비틀거렸고, 자동차들에 부딪힐 뻔했고, 자동차들은 불평처럼 경적을 울려댔다. 그다음부터 나는 체포되는 한이 있더라도 남의 눈에 띄도록 낮에 달리기로 했다. 이번에 잡히면 재범이기 때문에 경찰, 재판소, 사회 전체로부터 벌을 받을 것이다. 이런 추가적인 부담 때문에 나의 무모한 모험은 치료적 성격에서 정치적 행위, 즉 고속도로를 건설하도록 허용한 당국에 정면으로 던지는 도전장으로 변했다. 당국은 고속도로를 만들기 위해, 자전거를 타고 산책 삼아 달릴 수 있는, 나무와 산울타리의 향기가 은은한 오솔길들을 깔아뭉갰고, 고속도로 덕분에 공기는 오염됐고, 현대기술이 만들어낸 가장 좋은 물건이며 마치 관을 연상케 하는 바퀴 달린 상자 속에 갇힌 사람들 사이의 의사소통은 불가능해졌다. 자전거로 은밀하게 끼어들기, 근육의 민첩한 운동, 그리고 자동차들에게 방해받으며 위험을 무릅쓰고 공용차선을 무모하게 함께 이용해야 하기 때문에 정신을 바짝 차림으로써 투명해지는 정신 따위로, 나는 이 자동차 관棺에 저항한다.

나는 세르지오의 집에서 헬로프루츠의 여주인을 모욕함으로써 끝장을 냈다고 말했다. 그리고 저녁에 자전거를 타고 고속도로로 나옴으로써 다시 한번 확실히 끝장을 냈다고 믿었다. 사실, 나는 갑자기 친구들을 떠남으로써 일한 뒤 즐기기 위해서 모이는 것을 당연하게 여기는 부류들의 사회를 떠났다. 나는 밤에 혼자 달리면서 웃었고, 그들의 슬픈 해석, 그리고 그들이 축제에서 흘린, 저녁 샤워로 말끔히 사라질 땀보다도 가벼운 비양심을 상상하고 웃었다. 그러나 곧바로 다음 날부터, 나는 자전거 페달을 밟으면서, 나 자신을 희생시키면서 즐기는 것도, 세상에 정면으로 승리감에 도취된 경멸을 보내는 것도 더 이상 중요하지 않다는 것을 깨달았다. 달리는 것은 하나의 일이며, 나의 내면에 무언가를 철저하게 건설하는 행위다. 나는 아직 그 무언가의 정체를 알아내지는 못했지만, 그것은 거센 파도가 몰아치는 바다 앞에 서 있는 방파제의 도도함과 부서지기 쉬운 속성을 가지고 있다. 거친 파도가 이는 바다도 아니고, 즉각적인 위험도 없이 습관처럼 단조롭게, 고속도로의 목적지를 향해 달리고 있는 이 모든 차량은 무엇을 위해, 누구를 위해 달리고 있는가? 지금 나는 나약함으로 인해 자살을 하지 않기 위해서 달리기 시작했고, 따라서 이 모험의 목적은 아주 오랫동안 참을성 있게 달려서 자살의 개념 자체가 사라져버리게 만드는 것이라고 생각한다. 그러나 내가 목적을 달성했다고 생각하는 순간, 즉 내 목숨을 구했다고 생각하는 순간에 그 개가 마치 내 눈앞에서 자발적인 죽음으로의 질주가 무엇인지를 보여주기라도 하듯 나타났던 것이다. 그래서 나는 넘어졌다.

그 후 나는 더 이상 자전거를 타지 않았다. 상처는 아물었다. 어제 상처의 딱지가 떨어졌고, 상처 가장자리 피부에는 주름이 잡혔다. 마치 매끄러운 한 가닥의 실이, 지갑의 아가리를 연상시키는 자줏빛 새살 주변으로, 피부를 모아놓은 것 같았다. 나는 아주 오랫동안, 어쩌면 죽을 때까지 이 상처를 간직하게 될 것 같다. 그게 언제가 될지 모르지만, 모두들 그렇듯이, 나도 팔십쯤까지 살지 않을까. 다들 그렇듯이, 나도 매일매일 죽음의 개념에 저항할 것이다. 내가 받는 고통이 이 시대의 실업자들이 참아내는 고통 이상의 것은 아니라고 생각한다. 정말 그 이상은 아니다. 사냥개 떼에게 쫓기는 토끼처럼 미친 듯이 달려가는 개. 다만 사냥개가 없고, 아무도 추적하지 않고, 당사자만 있다. 우리도 꼭 그런 식이다. 완벽한 건강을 갖고 아주 편리한 일상적인 지식을 갖춘 젊은이인 우리들은 숨이 차도록 달린다. 그러나 아무도 우리를 추적하지 않으며 가장 친한 친구들조차 우리를 찾지 않는다. 직업상의 이동의 필요가 냉혹한 힘으로 이동시키는 이 자동차들 안에 우리를 위한 자리는 없다. 그런데 우리는 왜 무엇을 쫓고 있는 것인가?

로라가 어제 나를 보러 왔다. 그녀는 내가 여전히 내 아버지의 판단에 짓눌려 있다고 주장한다. 좀 더 확대해석을 하면, 그리스를 기념하여 소위 '민주적'이기를 자처하면서 호모들을 끊임없이 배척하고 있는 서구의 판단력에 굴복하고 있다는 것이다. 그러나 그런 반응 때문에 슬퍼질 이유가 무엇인가? 왜 즐기면 안 되는가? 왜 당신의 타고난 재능에 따라서 자유롭게 자신을 계발할 기회를 얻고, 까다로운 사람들을 무시하고, 주변인들만으로 진정한 가족을 닮는 사회를 만들지 못하는가? 우리가 세르지오의 집에서 되찾은 것은 바로 이런 제멋대로의 열렬한 사회다. "지체 없이 그곳으로 돌아와야 해, 우리에게로 돌아와, 필." 그녀는 말없이 별모양의 여덟 개의 납작한 못으로 마무리되고 한가운데에는 오팔이 빛나는 목걸이를 내 목에 둘러주었다. 정말 아름다운 한 마리 거미 같다.

개의 날

별수 없음

내가 열두 살 때, 열여섯 살인 니코와 함께 노루잡이를 떠났다. 니코는 키가 나보다 훨씬 더 컸다. 키가 크고 마른 몸집의 그는 벌써 탐욕스러운 얼굴을 하고 있었는데, 가벼운 비웃음을 머금은 표정이 그런 본바탕과는 대조를 이루었다. 이런 표현은 그의 미소를 묘사하기에는 너무 진부한 단어들이지만, 우리가 흔히 어떤 목소리나 미소 또는 얼굴 표정을 정확히 기억하지 못할 때 그런 흔해빠진 단어를 쓸 수밖에 없는 것 같다. 니코는 항상 내게 강요하는 게 많았다. 웃지 않을 수 없게 하고, 숲속으로 그를 따라오라고 하고, 죽은 오리나 토끼들을 주워 모으라고 하고, 피투성이가 된 그것들을 내 손으로 들고 있게 했다.

나는 할 수만 있다면 노루가 죽는 광경을 보고 싶었다. 우리가 관측 장소로 정한 큰 소나무 둥치에 자리를 잡자마자 노루 한 마리가 불쑥 숲 기슭에 나타나더니 우리 앞에 펼쳐진 탁 트인 공간을 향해 오고 있었다. 거기에는 풀이 빽빽하게 자라나 있었지만, 노루는 풀을 뜯기 위해 고개를 숙이지 않았다. 녀석은 우리를 향해 오다가, 몇 미터를 남겨둔 지점에서 우뚝 서서 우리 쪽을 바라보았다. 그것은 한창 나이의 노루였다. 여름의 다갈색 털이 나 있고, 뿔은 아직 가지가 돋지 않은 상태였다. '멋진 전리품이야.' 나는 비탄에 젖어 그런 생각을 하면서, 고개를 왼쪽으로 돌려 니코의 눈을 통해 노루의 시선을 보고자 했다. 전망대 판자 위에 총신을 내려놓은 채, 그는 꼼짝 않고 서서 그 동물을 뚫어지게 바라보고 있었다. 나는 소리치지 않기 위해, 손뼉을 치지 않기 위해, 죽음을 멀리 쫓아버리지 않기 위해 자제했다. 이때의 침묵은 장전된 총알과 같은 밀도를 가지고 있었다. 새 한 마리가 비명을 질렀고, 노루는 가볍게 머리를 끄덕이더니 풀을 뜯지

개의 날

않고 천천히 숲 기슭으로 향했다. 그것은 나무 그늘로 되돌아갔다.

"총을 쏠 수가 없었어." 니코는 감탄 섞인 그러나 복수심에 불타는 괴로움을 가지고 나를 바라보며 말했다. 그때 나는 나의 부동자세와 침묵이 노루를 잡기는커녕 목숨을 구해준 꼴이 되었음을 깨달았다. 내가 어떤 동작을 하거나 소리를 질렀더라면, 그것은 달아났을 것이고, 그 순간 사냥꾼의 반사운동을 유도해냈을 것이다. 나는 내가 좋아하는 사촌오빠로부터 인정을 받게 되었지만, 면전에서 죽음을 목격할 기회는 놓치고 말았다.

안이 고속도로에 버려진 개가 있다고 소리쳤을 때, 나는 갑자기 도로지도 대신에 피를 흘리는 사냥 전리품을 쥐고 있는 것처럼, 팔 전체에 엄청난 무게를 느꼈다. 그리고 곧바로 니코를 생각했고, 그가 마지막으로 나에게 기댔을 때의 그의 무게를 생각했다.

안은 인도 가까이에 차를 세웠다. "개를 구해줘야 해요!" 그녀는 일상적인 무기력상태에서 벗어나는 순간에 사로잡히게 되는 그런 종류의 흥분상태에서 외쳤다. 그녀는 곧

바로 차 밖으로 뛰어나갔지만 나는 꼼짝도 하지 않았다. 우리는 둘 다, 그녀는 밖에서, 나는 차 안에서 개를 눈으로 좇았다. 그러나 개는 사라졌다. 나는 차 문을 열고 별수 없는 일이라고 소리쳤다. "별수 없잖아" 아니면 "다 그런 거지 뭐"는 니코가 자주 사용하던 문장이다. 우리가 결혼하기 전에는, 그가 사정거리에 있는 노루를 보면서도 총을 쏘지 않은 이유를 설명할 때 외에는 그런 말을 하지 않았던 것 같다. 암세포가 그에게서 최후의 기력까지 모두 빼앗아갔을 때, 마지막 순간에 그는 이 말을 했다. 그가 너무 쇠약해져서, 물컵을 입술에 갖다 댈 수 없을 정도로 쇠잔해진 날, 이 말을 했다. 그날, 나는 그의 용기가 마치 메마른 땅에 쏟아진 물처럼 사라져버리는 것을 보았다. 그에게 더는 아무것도 남아 있지 않았다. 그래서 나는 곁에 앉아서 그의 내부에 지니고 있던 에너지의 씨앗을 생각해보라고 애원했다. 그것은 절대 파괴될 수 없는 것이었고, 우리 둘은 그것을 신이나 악마보다 더 믿었다. 사실, 몇 년 전부터 우리는 이 생의 비약과 그것이 내포하는 애정적 복잡성과 거기에 따르는 고려사항과 선악의 좁은 범주를 무한히 초월한 순수에너지를 가진 그 무엇인 에너지의 씨앗 외에는 아무것도 믿지 않았다. 이 씨앗은 처음부터 죄의식을 완전히 배제한다는 의미에서, 그것의 기능에 따라 사는 것은 아주 간단하다. 그러나 대부분의 사람은 거기에 도달하기 위해 평생을 바치고서야 거기에 도달한다. 니코와 나는 반평생밖에 바치지 않았다. 암이 원인이라고 볼 수도 있지만. 그런 의미에서, 암은 우리 커플의 동맹관계를 더 굳건히 했고, 부부가 지켜야 할 정절이라는 모순을 가능하게 해주었다. 우리는 함께할 시간이 얼마 남지 않았다는 것을 알고 있었으므로, 부부심리학개론이 가르쳐주는 온갖 시시한 방법으로 사랑을 유지하려는 노력은 조금도 기울이지 않았기 때문에 오히려 그것이 가능했다. 질병 자체가 중요한 역할을 맡고 있었다. 우리의 동작이나 시간 사용이나 계획을 통제함으로써, 우리가 행복의 개화나 추락 속으로 미친 듯이 질주하는 것을 피하게 해준 것이 바로 질병이었다. 우리는 너무 어두운 심연에서 살았고, 삶은 우리에게 그것의 색채를 선택할 권리밖에 주지 않았다. 유채색 삶은 승리한 삶이다. 나의 인생은 한밤중에 잠에서 깨어 있던 니코의 뺨의 색깔이다. 그것은 또한 약물치료 시간이 끝나기를 기다리며 병원 복도에서 응시하던 낙관적인 벽보들의 색깔이다. 아니면 병의 진행을 살펴보면서 우리가 함께할 시간이 줄어들고 있음을 느낄 때 떠오른 추억의 색깔이다. 대조적으로, 과거는 오색영롱해졌고, 나는 고뇌의 순간 순간마다 우리가 놓아주었던 노루의 모습, 즉 왕관을 쓴 것 같은 머리, 옆구리에 비치던 햇살을 생각하고는 했다. 자신을 희생했다는 의미에서가 아니라, 반대로 물질적 구속이 나의 정신과 기억과 판단에 부여했던 이런 자유 속에서, 특별한 여자가 된 느낌이었다. 해야 할 일은 의료행위에 의해 부과되는 의무를 감당하는 일, 그리고 불청객으로부터 우리를 보호해줄 권위 있어 보이는 이미지를 외부에 제공하는 일로 요약되었다. 아무튼, 질병 자체는 부부위생학에 필수 불가결한 진지함과 규율의 일정량을 채우기에 충분했다. 니코와 함께하는 나머지 모든 일은 그날그날에 따라 즐거움, 분노, 고통 또는 희망 속에서의 자유였다. 각 감정은 순수한 색채를 가지는데, 보통 부부에게 최소한의 열정을 주는 것은 이런 무미건조한 색조가 아니라 균형에 대한 끊임없는 배려였다.

　나는 니코 옆에 앉아서, 그가 내가 내민 물컵을 잡으려다 손을 다시 늘어뜨리는 것을 보고 말했다. "니코, 제발 씨앗에 주의를 집중해봐…… 알잖아. 그것은 아직 살아 있어. 더 이상 말하고 싶지 않겠지만…… 그것을 믿고 있다는 표시로 아무런 동작이라도 한번 해봐." 나는 그의 손을 잡고, 그가 와병 중인 몇 달 동안 내내 우리의 용기를 유지시켜주었던, 그 무엇에 대해 믿는다는 증거로 내 손을 꼭 잡아주기를 기다렸다. 그의 손은 마치 죽은 사람처럼 내 손아귀에서 꼼짝도 하지 않았다. 그러나 니코는 아주 희미하고 기진맥진한 목소리로 말했다. 그의 매우 느린 어조는 어떤 연설보다도 나의 이상주의적인 머리를 강타했다. "사랑하는 당신…… 더 이상…… 입술에 컵을 가져갈 수 없게 되면…… 씨앗을…… 더 이상 믿을 수 없는 거야." 그는 이 말을 하면서 눈을 감았다. 그리고 다시 눈을 떴지만, 나를 바라보지는 않았다. 아마도 커튼 위에 내려앉은 햇살을 막연하게 바라보는 것 같았다. 어쩌면 당시 분위기에 전혀 어울리지 않는, 겹겹의 피로 속에서 몸부림치는 어떤 생각을 하고 있었는지도 모른다. 이때 그는 말했다. "별수 없잖아……."

그날 밤 나는 꿈을 꾸었다. 그가 강가에 있고 나는 그

건너편 강가에 있었다. 나는 이쪽 강변에서 저쪽 강변을 향해 "니코!" 하고 그의 이름을 큰 소리로 불렀다. 그는 "별수 없잖아"라고 말할 때 짓던 모호한 표정으로 나를 바라보았고, 그의 시선은 마치 내가 투명인간인 것처럼, 아니면 태양과 그를 갈라놓는 커튼처럼 나를 꿰뚫고 지나갔다.

그 이후 내가 한 일은 기껏해야 "별수 없잖아"라는 말과 함께 나를 홀로 남겨둔 채 씨앗이 사라져버린 시간을 될 수 있는 대로 갈가리 찢어버리는 일이었다. 내가 여기서 '그 이후'라고 한 말의 뜻은 니코가 죽은 후, 아니 차라리 그의 시선이 내게서 거두어진 후를 의미하는데, 왜냐하면 그가 나로부터 시선을 거둔 뒤 이틀이 지나서야 죽었기 때문이다. 나는 과부라는 입장에 안주하거나 심지어는 안의 존재에 의지하고 웅크리지도 않았다. 나는 혼자 남은 엄마로서, 버림받은 아내로서의 내 무게로 안을 부담스럽게 하지는 않았다. 나는 일부러 버림받은 아내라는 표현을 썼다. 남편으로부터 버림받은, 버려진 여자. 지불해야 할 계산서, 갈아야 할 퓨즈, 교육해야 할 아이, 결단을 내려야 할 중대사항 따위와 함께 나를 혼자 남겨두고 간 그에게 분노를 느낀다. 니코의 시선이 내게 머물지 않았던 이 아주 짧은 기간 동안의 추억에 특히 화가 난다. 나는 우리의 신념이 사라져버렸던, 우리에게 힘이 부족했던 이 기간을, 사후에라도 결정적으로 메워 넣을 힘을 어디선가 찾아야 했다.

나는 사회에서 필요한 사람이 되었다. 과부협회에서 봉사활동을 하면서, 회보를 편집하고, 최근에 혼자된 여자들을 방문해서 행정적인 처리를 안내하고 용기를 북돋워주면서 새로운 환경에 적응하도록 도와주는 일을 했다. 한편으로는 집안일, 정원 가꾸기, 은행 계좌 개설하기, 그리고 남자가 혼자되었을 때 할 수 있을 그런 하루 일과를 계획하는 일 등을 배워나갔다. 나의 나약함 때문인지는 몰라도 아무튼 니코의 자동차를 모는 일만큼은 하지 않았다. 곧 내 차를 사야겠지만 지금까지는 안이 운전기사가 되어주고 있다. 그러나 그녀가 운전하는 일은 아주 드문 일이다. 왜냐하면 나는 주로 걸어다니거나 지하철을 이용하기 때문이다. 나머지 일들, 즉 장보기나 누군가를 방문하는 일은 몰아서 한다. 개를 본 날, 안과 나는 남편이 교통사고로 죽어 졸지에 과부가 된 어떤 여자의 집을 향해 가던 중이었고, 우리는 그 작은 사건을 고속도로 4번 출구에 새로 세워졌다는 '가든센터'를 찾는 데 이용할 셈이었다.

안과 나에게 연민의 정을 불러일으킨 그 개도 옛날에는 쓸모 있는 존재였을 거라는 생각이 든다. 녀석은 필요에 따라 짖고, 문을 지키고, 이로운 존재, 수호자라는 착각을 불러일으키기도 하고, 또는 반대로 허약하고, 애정에 굶주린 존재라는 인상을 주기도 했을 것이다. 그것은 주인의 삶 속의 구멍을 막아주고 빈자리를 채워주기도 했다. 니코는 죽었고, 이제 나는 그런 것, 즉 무언가에 쓸모가 있는 누군가가 되어야 했다. 과부협회와 남자 없는 한 가정이 배려해준 덕분에―그것은 과히 어려운 일은 아니었다― 나는 그들의 본보기가 되었다. 사실, 나는 안으로부터 도망쳤다. 나는 그녀의 공허를 피했다. 그녀는 점점 더 많이 먹었다. 그녀는 미친 듯이 먹어댔다. 몇 달 새, 그녀는 체중이 팔 킬로그램이나 늘었다.

그녀에게 관심을 갖고, 그녀의 손을 잡고, 그녀를 돌보고, 그녀를 이해하는 것이 용감한 일이었을 것이다. 그러나 안은 나에게 그런 기회를 절대로 주지 않았다. 그녀가 아기

일 때, 내가 떠먹여주려고 할 때에도, 그녀는 항상 오로지 먹기 위해 사는 사람처럼 탐욕스럽게 나의 도움 없이 혼자 잘도 먹었다. 우리가 함께 놀 때에도, 게임만이 그녀의 열정의 대상이었지 내 존재는 놀이수단에 불과했다. 즉 그녀의 승리의 욕망이나 패배의 매력을 만족시키기 위해 상대하는 손과 팔과 상상력에 불과한 것이다. 비합리적인 의학에 대한 의심스러운 이론에 따라서, 니코의 암에서 정신적인 원인을, 다시 말해 가족이라는 소우주 속에서의 균형의 붕괴현상을 연구해야 한다면, 나는 아이의 이런 증세는 지나치게 일찍 나타난 자율성, 또는 아이가 태어났을 때부터 모유로 키우지 못한 나 자신의 무능에서 그 원인을 찾아야 할 것이다.

모든 부인은 젖을 가지고 있다. 모든 여자는 모유로 아이를 키울 수 있다. 약간의 인내심과 사랑만으로도 충분하다. 그러나 나는 젖이 나오지 않았다. 그 당시 의사들이나 간호사들과 마찬가지로 내게 인내심이나 사랑이 조금도 없었다고 말하려는 것이 아니다. 나의 욕망은 너무 컸다. 좋은 엄마가 되기 위해, 아니 그냥 엄마가 되기 위해 잘 해보려는 욕망, 마음속 깊은 곳에서 우러나오는 자연스러운 사랑을 새롭게 증명해 보이고 싶은 욕망이. 안이 불구였더라면, 나의 임무는 더 쉬워졌을 것이다. 약한 자를 사랑하는 것은 당연하다. 니코를 간호하고, 니코가 죽은 후에는 과부협회에서 어려운 처지에 있는 과부들에게 충고하고 이야기를 들어줌으로써 그들을 돕는 일이 내게는 당연했다. 그러나 안은 태어나는 데 열두 시간이 걸렸기 때문에, 나를 거의 탈진상태에 이르게 했고, 따라서 입원기간도 연장했다. 간호사들은 내가 앉아서 먹기를 원했고, 소변도 혼자 해결하기를 원했기 때문에, 나에게 불쾌한 잔소리를 해댔고, 안은 나에게 균열을 만들어놓고 젖은 한 방울도 나오지 않게 했으며, 다시는 아이를 낳고 싶은 마음이 없게 만들었다. 더구나 안은 힘이 셌다. 울어대는 이 아기는 젖병을 무서운 속도로 비웠으며, 밤에도 낮인 줄 알고 잠을 자지 않았다. 나중에 좀 커서는 내가 네 시에 학교로 찾으러 가면 운동장을 떠나지 않으려고 고집을 부렸다. 안은 또 상장 수여식이나 자기가 주연을 맡은 연극공연에도 내가 참석하지 못하도록 했다. 하루 동안 지낸 이야기도 하지 않았으며, 아침에 일어나서 미소도 짓지 않았고, 잠자리에 들기 전에 키스하는 일도 하는 둥 마는 둥

했다. 그녀는 자신의 공허를 내게 숨기고 있었다. "내가 그걸 말하면, 엄마가 불안해질 거야." 내가 걱정해주는 것조차도 그 애는 참을 수가 없었던 것이다. 그 애는 니코만 사랑했던 것 같다. 그 애는 니코 외에는 누구도 어떤 식이든 자신에게 손대거나 간섭하는 것을 싫어했다. 나의 애무도, 나의 말도 그 애에게서는 오리 깃털 위의 물처럼 미끄러져 떨어져버렸다. 그러나 안이 니코에게 기댄 자세로 책을 읽거나 텔레비전을 볼 때, 그녀의 얼굴에 스쳐가는 아주 쾌활한 미소를 보면, 그 애는 나에게만 강한, 아니 오만했던 것이다. 그러니까 안은 나약했고, 원조를 필요로 하는 면이 있었으며, 그쪽에는 니코가 버티고 있었던 것이다.

안이 개를 본 날, 내 손가락 사이에 쥐고 있는 지도 너머, 도로 밖에서 내가 본 것은 중앙분리지대로부터 나에게 어떤 신호를 보내고 있는 것 같은 경쾌하게 생긴 한 그루의 소관목이었다. 그것은 큰 나무들의 잎이 아직 돋아나기도 전에 활짝 핀 봄의 기적 중 하나였다. 나는 차에서 내리기보다는 차라리 차 안에서 하늘의 작은 흰꽃 같은 구름을 감상하고 싶었다. 구름들은 차가 달리는 순간순간 사라지고 나타나기를 반복했다. 그렇지만, 나는 주변에서 그 개를 위해 차를 멈춘 사람들이 불러일으킨 어떤 활기를 느꼈다. 나는 그들로부터 제외된 기분이 들면서도 한편으로는 밝은 빛의 꽃잎들에 둘러싸이듯이 그들 존재에 둘러싸인 것 같았다. 니코가 병원에서 약물치료를 받을 때, 난 대기실이나 병원 복도에서 기다려야 했는데, 그때 주위를 둘러보면 사람들이 뿜어낸 에너지의 망이 짜이는 것을 보는 것 같았다. 나는 그들의 제스처를 관찰하고 그들이 하는 말에 귀를 기울였다. 아득하게 멀면서도 아주 가까이 지상의 드라마 속에서 반짝이고 있는 팔월의 별을 관찰하듯이. 이 병원의 복도에서 갑자기 대지진이 일어난다면, 우리는 모두 형제자매라는 연대의식을 느끼지 않을까 하는 생각도 들었다. 이때 '니코'라는 단어가 '별'처럼, 인간들의 마음을 진정시켜주는, 사멸해 차갑게 빛나는 유성처럼 메아리칠 것이다.

내가 집에서 갑자기 니코의 죽음이라는 대지진을 만났을 때, 대지진은 갑자기 니코의 생명을 앗아갈 사람의 얼굴을 하고 있었다. 그때 처음으로 이런 생각을 했다. 이제 누가 나를 웃길 것인가? 안은 분명 아니야. 나는 절망의 나락으로 떨어지며 혼자 중얼거렸다. 그 애는 가장 없는 가정의 힘없는 어린 여자아이에 불과해. 나는 곧이어 그런 생각이 부끄러워졌다. 그런 생각은 아마 그 애가 지금 먹는 것들 때문인 것 같다. 그 애는 옛날에 니코와 함께 웃던 자리, 그들이 함께 만들어낸 이상한 노래들 중 하나를 불러대며, 그와 함께 그것을 부르던 추억을 잊기 위한 것처럼 마구 먹어댔다. 안은 항상 이상했다. 나는 차라리 그 애가 빨리 결혼하기를 바랐다. 누군가가 안이 지나치게 먹는 것을 금해주고 그 애의 은밀한 생각을 이해해주기를 바랐다. 그렇다, 나를 사랑했던 니코처럼 그 애를 사랑해주는 누군가가 그 애로부터 나를 해방해줘야 할 것이다.

나는 이따금 그 애는 내가 없었다면, 즉 내가 죽었더라면 더 행복했을 거라는 확신을 가진다. 나는 아주 오래전부터 이런 생각을 품었는지도 모른다. 안이 내 다리 사이를 빠져나간 후, 아니 그보다 더 앞서, 그녀가 내 배 속에서 헤엄치고 다니던 때부터. 내 젖이 그녀를 위해 나와주지 않았던 것이 바로 그런 증거가 아니겠는가. 그래서 나는 그녀를 위한 말도 행동도 하지 않았던 것이다. 나는 그녀의 눈앞에서

Le Jour Du Chien   1 3 3

죽을 방법을, 즉 모두를 위해 단번에 사라져버릴 방법을 찾아내야 할 것이다. 어쩌면 고속도로에서 개를 본 날, "별수 없잖아"라고 말했을 때, 방법을 찾아냈는지 모른다. 좀 더 생각해보면, 그렇다, 그것은 바로 그녀가 진정한 본질에 눈뜨게 하기 위해 내가 꼭 해야 할 말이고 그녀가 꼭 들어야 할 말이었다. 그녀는 버려진 짐승 한 마리를 구하기 위해서 자신의 어머니를 거부하는 열렬한 처녀였다. 그녀가 내게 던지던 그 시선이란! 내가 접근할 수 없는 하늘, 저 높은 곳에, 그 애의 아빠가 나타난 것이 분명했다. 나에게는 그가 보이지 않았다. 그는 상복 입은 여자들로 이루어진 울타리에 가려 보이지 않았다.

신음하는 이 과부들을 보라! 그녀들은 협회라는 미지근한 모체 안에서 자신들의 불평을 교환한다. 이때 그들이 할 수 없게 된 일이란, 자신들의 배관공이나 전기공을 지켜보지 못하는 것뿐이고, 화단을 가꾸는 육체노동자나 그들의 물주를 감히 방해하는 일을 못하는 것뿐이다. 그렇다. 그들에게 부족한 것은 그런 것들뿐이다. 남성적이게 되는 것, 그러나 그녀들에게 그것은 너무 힘들다. 그녀들은 조합에 위탁

한 집을 좋아하게 되고, 그녀들이 쓰지 않던 미사여구를 쓰고 미완성의 표현양식을 더 좋아하게 되는데, 그 이유는 그녀들이 고독을 누벼 넣은 목소리와 자신들의 두려움을 잠재울 손을 보장받기 위해서다. 이 구제민들의 나라에서, 누군가에게 예쁘게 보이기 위해 하루 종일 시간을 보낼 수 있는데도 불구하고, 나처럼 몸소 삽질을 하고 운전을 하는 여자가 또 있을까? 세계 어디든, 인간이든 동물이든 간에, 신선한 무화과 반쪽처럼 나 자신의 '씨앗'을 함께 나눌 수 있는 존재가 있기나 할까? 신은 한 개의 무화과다. 그렇다. 왜 아니겠는가. 햇빛을 받으면 겉은 검게 되지만 속은 흰색이고 물기가 많은 이 과일에 대한 추억이 내게는 있다. 신혼 초에 니코는 어느 레스토랑에서 나에게 그것을 맛보여준 적이 있다. 그는 나보다 더 잘 사는 법을 알고 있었다. 이국적인 것을 주문하고, 한 개의 과일을 나누어 먹기를 즐겼다. 더구나, 그는 타인의 비참함 앞에서 결코 머뭇거리지 않았고, 느린 사람, 슬픈 사람, 신랄한 사람, 성질 급한 사람들과는 과감하게 결별했다. 자신의 즐거움을 증진하기 위해 일했고, 나의 즐거움에 자신의 것을 뒤섞기 위해 일했다. 본능적으로 자신의 인생 노선을 알고 있는 강자의, 대담한 자의 윤리를 가지고 있었다. 그의 일생은 짧고 굵을 것 같았고, 아마도 그는 그것을 알았거나, 적어도 그의 내부의 무언가가 그것을 알고 있었다. '씨앗.' 나는 그것을 지금 본다. 유일하고 희귀한 과일, 부드러운 씨가 들어 있고, 향기로운 섬유질로 된, 겉은 검고 속은 흰 과일. 이기주의의 매력을, 그리고 손을 더럽힐 힘든 일을, 고통 때문이라기보다는 습관적으로 거부하는 여자들과 함께 수다 떨기를 그만둘 때에만, 그 과일은 내 입안 가득 고일 것이다. 그들의 다친 어린아이들 때문에, 또는 버려진 동물들 때문에 비명을 지르면서 다시 나에게로 올 여자는 저주받을지어다. 나는 이제 더 이상 그들이 충고와 도움을 부탁할 수 있는 현명함의 화신이 아니다. 나도 고뇌의 비명에 굴복한 초보자 역할을 할 참이다. 나는 이제 심각하고 텅 비어버렸다. 그렇게 함으로써, 니코를 잊고, 그의 미소에 대한 추억을 잊어버리고, 그가 안을 키운 마술적 힘을 잃을 것이다.

안. 좁은 껍질 속에 터질 듯이 들어찬 과일, 그것을 먹는 게걸스러운 입. 각성의 엄청난 고통 속에 있는 희고 검은 작은 영혼. 개를 보던 날, 그녀가 곤경에 처한 한 마리 짐승을 보던 곳에서, 나는 꽃 핀 소관목들을 보았다. 나의 딸 안은 우주의 또 다른 반쪽이다.

니코와 다시 만나기 전에, 또 다른 외로운 날들이 내게 주어질 것이고, 또 다른 경쾌한 느낌을 주는 소관목들을 보게 될 것이다. 이후, 나의 시선은 어디로 향해야 할지를 알게 될 것이다. 어쩌면 나는 죽는 순간 새벽 햇살 속에 노루를 다시 보게 될지도 모른다. 노루가 다시 돌아올 일은 결코 없겠지만, 나는 변했다. 내가 본 적이 없는 어떤 개 한 마리가 내 앞을 가로질러 갔고, 이후 나는 마침내 어머니가 되었다. 나는 그 길을 피해서 갔음에도 불구하고 안을 낳았다. 나는 개에게 시선을 주기를 피함으로써, 안이 힘을 되찾게 해주었다. 이후, 그녀는 혼자다. 왜냐하면 내 내부의 모든 것이 평정을 되찾고 '별수 없잖아'라고 주장하고 있기 때문이다.

영원한 휴식

나는 엄마에게 고속도로를 따라 달리고 있는 개를 보았다고 말했다. "길 잃은 개야, 미친 개일 거야, 엄마!" 하고 소리쳤다. 그래도 엄마는 아무런 반응도 보이지 않은 채, 우리가 새 '가든센터'인지 어떤 과부의 집인지로 가기 위해서는 몇 번 출구로 나가야 할지를 알아내기 위해 지도를 들여다보고 있었다. 속력을 늦추고 아우디를, 아빠의 낡은 아우디를 도로변에 세웠다. 내가 차에서 나왔을 때, 개는 이미 사라졌고, 세 개의 차선을 쌩쌩 달리는 차들뿐이었다. 그래서 위험한 날이라고 생각했다. 과식을 했을 때 항상 그러하듯이 심장이 두근거렸기 때문에, 그 개를 보기 전까지는, 내가 자동차 옆에서 차만큼 빨리 달린다면, 그리고 지칠 때까지 그렇게 달린다면 아마도 살이 빠질 것이라는 생각을 하고 있었다. 엄마와 함께 아우디를 타고 있을 때 하는 유일한 생각은 오직 그것뿐이다. '어떻게 하면 살이 빠질까?' 그래서 달리는 것을 생각한다. 지쳐죽을 때까지 달리는 것을. 물론 더이상 아무것도 먹지 않는 것도 생각해보지만, 돌아올 식사시간을 생각만 해도 군침이 돌기 시작하고, 이것저것 조금씩만, 절대로 그 이상은 안 되고 최소량만 먹어야 한다고 생각하지만, 그것은 번번이 실패로 끝난다. 한 조각만 입에 대기 시작하면 금세 통째로 다 먹고야 만다. 나는 한번 시작하면 그칠 줄 모르기 때문이다. "끝장이야. 난 결국 못 할 거야"라고 혼자 중얼거리고, 식사 중인 엄마를 흘끗거리며 나도 먹기 시작한다. 엄마는 식탁 뒤에 있는 큰 거울에 자신을 비춰보면서 모이를 쪼아먹듯이 먹는다. 우리가 식탁에 앉을 때, 엄마는 항상 내게 거울을 등지고 앉는 자리를 권한다. 아니, 어쩌면 결국 그 자리를 결정하는 것은 나인지도 모른다. 나는 거울에 비친 내 모습을 좋아하지 않으니까. 우리는 식사

도중에 이야기를 나누는 편이지만, 엄마는 나를 쳐다보는 법이 없다. 엄마는 거울에 비친 자신의 모습을 포착하려 애쓰느라고 내 머리의 왼쪽 혹은 오른쪽으로 고개를 기웃거리며 머리를 매만지고 눈을 깜빡거린다. 마치 무언가를 확인하려는 것처럼…… 그녀가 미인이라는 것을? 그건 절대로 아니다. 그랬다면 우리 집은 벌써 남자들에 의해 포위되고 말았을 테니까. 단지, 그녀는 자신이 아직 변함없이 살아 있다는 것을 확인할 뿐이라고 해야 할 것이다.

나는 확인할 것이 아무것도 없다. 그래서 먹기만 한다. 나는 먹기 전에 한계를 정해놓는다. 감자 반 개, 완두콩 몇 알, 고기는 딱 한 조각, 소스는 사절. 그런데 정신이 몽롱해지면서 그 한계를 넘어서버리고, 일단 넘어서면 서너 차례는 더 가져다 쉬지 않고 몽땅 먹어치운다. 식사가 끝나면, 찬장 속의 초콜릿을 한 조각 먹는다. 혼자 있을 때, 즉 엄마가 나를 보지 못할 때, 나는 나머지 초콜릿 한 줄을, 그리고 서너 줄쯤을 더 먹고, 나중에는 몽땅 먹는다. 그러면 아무런 생각도 없어진다. 다만 소화하는 동안 심장이 엄청나게 힘들다는 듯이 심하게 두근거릴 뿐이다. 정말로 끝장이라고 생각하면서, 버터 바른 빵 한 조각을 치즈를 곁들여서 더 먹고, 과자도 한 조각 먹어치운다. 엄마는 아빠가 살아 있을 때처럼 변함없이 과자를 만들기 때문이다.

아우디를 탈 때에는 항상 살을 빼야 한다는, 자동차 옆에서 달려야 한다는 강박관념에 시달린다. 그 개, 녀석은 필경 말랐을 거다. 자동차를 따라 달리고 있었으니. 모두들 무관심하다. 엄마도 무관심하다. "내버려둬라, 별수 없잖니"라고 말하면서 나를 바라보았고, 나는 이를 악물고 충혈된 눈으로 이상한 표정을 지었다. 엄마와 싸울 때마다 엄마가 이길 것을 알기 때문에 그런 표정을 짓게 된다. "넌 정말 그 개를 구하려 했던 것 같구나." 그녀가 말했고, 그녀는 웃는 척했다. 어쩌면 진심으로 웃었는지도 모르지만, 그녀의 쾌활함은 쓸쓸한 느낌을 준다. 그녀는 그것을 나누어 갖지 않는다. 그녀는 내가 함께 있다는 것을 의식하지 않는다. 나도 즐거워 보이려고 애쓰지만 나는 여전히 밖에 혼자 남아 있다. 고속도로 변에 공중전화가 있고, 나는 그 개를 위해 누군가에게 전화를 걸어 말해줘야 한다고 생각한다. 나는 그 개가 사고를 일으키는 일을 피해야 한다고 설명하고, 일어날 가능성이 있는 사고에 관해서 가능한 한 자세하게 묘사하려 노력한다. 내가 말하려는 순간, 즉 나에게 무척이나 중요한 이 사건을 자세하게 묘사하기 시작하자마자, 엄마는 무척 따분한, 아니 고통스러운 표정을 지었다. 나는 내가 이 일을 처리하는 방식이 나답게 서툴다는 것을, 그래서 엄마를 설득할 수 없음을 깨달았다. 요컨대, 본질은 아주 별 볼일 없는 사소한 일이라는 것. 엄마는 쓸데없는 짓이라고 생각했고, 실제로 그렇게 말했다. 그녀는 이 개를 구하기 위해 전화할 생각은 하지 않았다. 더구나 나를 위해서는 물론 하지 않았다. 너무 늦기 전에, 내 심장이 내 가슴속에서 터지기 전에, 내 배가 터지기 전에는 내가 살을 빼도록 나를 데려가거나 하는 아무런 조처도 그녀는 취하지 않을 것이다. 나는 엄마가 정상적이기 위해, 즉 날씬하고 활동적이고 항상 남을 위해 봉사하기 위해 어떻게 하는지를 알지 못한다. 내가 병이 나면, 아빠가 예전에 그런 것처럼, 누군가가 나를 돌볼 것이다. 그러나 나는 비만이다. 개의 목숨은 아빠의 목숨처럼 단순하다. 그것은 아직 살아 있는 동안, 목숨을 구하기 위해 질주하고, 자신이 그렇게 해야 한다는 것도 알고 있다. 나는 사물을 단순화하기 위해서, 누군가가 나에게 관심을 갖도록 하기 위해서 상당한 불행을 원한다. 정확히 얼마나 많은 양의 설사약을 먹어야 하는지, 매달 몇 병이나 되는 진통제 시럽을 이 약국 저 약국을 돌며 구해야 하는지를 자문하고 싶다. 누군가 내가 잠들게 도와주기를 바라며, 내가 침대에 있을 때 내 심장을 침묵시켜주기를 바란다. 그게 아니면, 내가 먹은 것을 몽땅 다 토해내기 위해서 어떻게 해야 하는지를 설명해주고, 내가 가진 것에서 추하지 않은 것이 무엇인지 말해주고, 미용사에게 내 머리를 다른 스타일로 잘라달라고 부탁하기 위해 뭐라고 말해야 하는지를 가르쳐주고, 사람들이 내 머리가 짧고 어깨가 하역인부처럼 딱 벌어지고 가슴이 작고 처녀답지 않게 걷는다고 해서 나를 남자로 오해하지 않게 하기 위해 뭐라고 말해야 하는지를 가르쳐주기를 바란다.

엄마가 너무 잘 지내고 있기 때문에 슬픈 내색을 할 수 없다. 그런 대조는 앞으로 더 심해지겠지만, 무엇보다도, 아빠가 죽은 후 그녀에겐 나밖에 없었다. 나는 그녀의 과자를 먹어주고, 그녀의 화단에 물을 주고, 아빠의 아우디로 그녀를 모시기 위해 필요한 존재였다. 내게는 무언가 특별한 일이 일어날 필요가 있다. 사람들이 내게 고통을 주기를 바라며, 내가 나를 고통스럽게 하는 유일한 여자가 아니기를 바라며, 엄마가 나를 때리고 고속도로에 버리기를 바란다. 그러면 나는 미친 여자처럼 달려서 살이 빠질 것이고 사람들은 나를 위해 멈출 것이다. 많은 사람이 눈에 눈물을 글썽이며 말할 것이다. "저 여자를 구해야 해." 혹시 그들이 나를 구하지는 못할지라도, 그들은 나를 볼 것이고, 내가 죽기 전에 일단 보고 나면 그들은 나를 기억할 것이다. 고통스러운 추억으로, 운명을 바꿔놓은 추억으로. 그래서 그 추억은 그들에게 깊이 생각할 기회를 줄 것이고, 그들은 좀 더 선량해질 것이다. 어쩌면 지나가는 사람이 사진을 찍고, 내 사진이 신문에 나올지도 모른다. '버려진 어린 처녀가 고속도로에서 구원을 요청하고 있다'라는 기사와 함께. 또는 내가 자동차들을 따라 달리다가 일으킨 사고 장면을 찍은 사진이 나올지도 모른다. 대형사고로서, 상당수의 부상자가 나오고, 몇몇 사망자도 있고, 도로는 피가 넘쳐흐르고…… 그것이 내가 남긴 유일한 흔적일지도 모른다. 어쩌면 경찰이 나를 구해주고, 내가 그때 너무 마르고 창백해서, 경찰이 나를 품에 안아

줄지도 모른다. 그러면 그는 당장 내가 소년이 아니라는 것을 알게 될 것이다. 왜냐하면 나는 손톱이 뭉툭하지 않고, 예쁘고 머리가 길 테니까. 엄마는 항상 내 머리는 숱이 적어서 긴 머리가 안 어울리고, 엄마의 머리는 숱이 많은 금발이라서 긴 머리가 잘 어울린다고 말했다.

달리기, 그런 식으로 달리는 것이 어쩌면 내게도 가능할 것이다. 나는 미친 듯이 저항하며 밤잠도 자지 않을 것이다. 내게 필요한 것은 달리기이지, 식탁에 앉아 있는 것, 더구나 엄마와 함께 식탁에 앉아 있는 것이 아니다. 엄마와 마주하고 식탁에 앉아 있을 때, 나는 어깨를 움츠리고 무조건 '네네' 하고 아무것도 거절하지 못하는 두려움에 질린 개에 불과하다. 아무런 애정도 분노도 표현하지 않고, 다만 복종만하는, 그래도 마치 주인의 비위를 맞추기 위해서는 그래야한다는 듯이 거리낌 없는 표정, 기분 좋은 표정을 짓고 있는한 마리 개.

밤에는 내 눈에서 불이 난다. 나도 다른 사람들처럼 자고 싶다. 조약돌이 물에 아무런 저항이나 동요 없이 가라앉는 것처럼 편하게 잠에 빠지고 싶다. 그러나 그렇게 되지 않는다. 새가 조금만 지저귀거나, 마룻바닥이 조금만 삐걱거리거나, 조금만 까다로운 생각을 하게 되면, 나는 가슴이 폭발할 것 같고, 배가 무겁고, 눈에서는 불이 나는 바람에 잠을 깬다. 두 눈은 마치 두 개의 타오르는 조개탄 같고, 그 속에서는 마치 대장간의 망치로 두드리는 것처럼 핏줄이 팔딱거린다. 아침이면 나는 거의 장님이 된다. 너무 피곤해서 비틀거리고, 눈에는 눈물이 고인다. 나는 아빠를 즐겁게 해주기 위해서라도 튼튼하고 아름다워지고 싶다. 아빠는 어디에 있든지 나를 보고 있을 것이다. 아빠는 미남이었고, 병들기 전에는 무척 건강했다. 사소한 결점들, 예컨대 귀가 약간 크다든가, 눈썹이 너무 짙다든가 하는 것은 오히려 남자다운 매력을 더해주었다. 그렇다, 나는 무엇보다도 그를 즐겁게 해주고 싶고, 그처럼 세상에 대해 맑은 눈을 뜨고 싶고, 산속의 호수처럼 평온한 눈을 뜨고 싶다. 아빠의 짙은 눈썹 아래 두 눈은 어둡고 냉정했으며, 순화된 냉정함을 가지고 있었다. 한 개의 바위를 영원히 응시하고 있는 눈. 나의 두 눈은 충동적인 작은 짐승, 예컨대 사막의 여우나 뱀처럼 뜨겁고 민첩하다. 그것들은 짐승의 악의를 가지고 있다. 한편 그들의 순진무구함도 가지고 있지만. '순진무구함innocente!' 그것은 내가 게으름을 피울 때 엄마가 나에게 자주 하는 말이다. 엄마는 물론 다른 뜻으로 그 단어를 쓰는 것이지만('innocente'라는 단어는 '순진무구함' 외에도 '바보' '얼간이'라는 뜻이 있다). 아무튼 내가 다림질을 잘 못하거나, 소위 '과부협회'라는 곳에서 하루에도 마흔 번씩이나 오는 통화 내용을 엄마에게 제대로 전달하지 못할 때마다 엄마는 내게 그 단어를 애용한다. 이따금 그녀가 '저능아'라는 단어를 피하기 위해 '얼간이'라는 단어를 쓰는 게 아닌가 하는 생각을 한다.

나는 몇 달 전, 그러니까 아빠가 죽고 곧, 내 시력이 상당히 떨어졌음을 알았다. 하루는 엄마가 내게 국자를 건네달라고 말했는데, 나는 내 한쪽 팔을 마치 낯선 물건인 양 다른 손으로 잡고 엄마에게 건네주며 "자, 여기!"라고 말했다. 아마도 그날은 내가 시럽으로 된 진정제를 복용해서 배가 묵직하고 부글거리는 날이었던 것 같다. 엄마는 고맙게도 웃어넘겼고 내 손을 제자리로 가져가라고 말했다. 다시 말해, 엄마는 그것을 수프에 집어넣지 않았던 것이다. 한편으로는 슬펐다. 사실 엄마가 내 손을 꼭 잡아주기를 바랐기 때문이다. 엄

개의 날

마가 채소를 쥐고, 껍질을 까고, 씻고, 소금을 치고, 불을 붙이고, 뒤적이고, 맛을 보고, 마침내 가족을 위해 상에 올려놓을 때처럼 기분 좋게 꼭 잡아주기를. 그렇게 마련된 음식은 이제 아빠가 죽었기 때문에 그대로 남게 되지만.

엄마 덕분에 손을 다시 거두어들여 화상을 입지는 않았다. 이후 나는 매일 시력검사를 하기로 결심했다. 아빠는 매일 저녁 양치질을 했다. 그 양치질은 너무 재미있었다. 그것은 약간 맹렬한 노래, 즉 목구멍으로 부르는 노래였다. 왜냐하면 아빠는 거기에 가락까지 붙였기 때문이다. 이따금 나는 미지근한 물을 입에 담고 아빠를 흉내 냈다. 우리는, 즉 아빠와 나는 양치질로 화음을 맞추고는 했다. 나는 너무 웃다가 세면대 거울에 물을 뿜기도 했다.

엄마는 마흔 살이고, 나는 스무 살이다. 엄마는 내가 혼자 살 수 없다고 말한다. 나는 비정상적으로 행동하고 너무 많이 먹는다. 아빠가 죽은 이후 엄마는 내게 그렇게 말했다. "그는 죽었어. 그건 이미 기정사실이야." 엄마는 거울을 들여다보면서 말했다. 그러나 나는 아빠가 거기에 있다는 것을, 그가 나를 바라보고, 나를 사랑하고 있다는 것을 안다.

그는 어떤 총각이 와서 나를 데려가는지를 보기 위해 세상을 감시하고 있다. 그는 하늘에서 스핑크스처럼 그의 팔을 뻗어 통로를 만든다. 유인의 통로를. 그래서 거기에 선량한 총각들이 결혼을 하겠다고 모여들고, 그 통로 끝에는 내가, 엄마 없이 나 혼자, 아름답고 날씬한 내가 긴 머리를 날리며 기다리고 있을 것이다.

그러니까 나는 기다리기만 하면 된다. 한 남자를. 예를 들어, 그가 건축가라면, 그는 다른 곳에 나만의 집을 짓기 위해 엄마를 떠나야 한다고 할 것이다. 그리고 그가 오지 않으면 내가 갈 것이다. 나는 마치 고속도로 변에서 한 남자의 팔을 나도 모르게 잡았듯이 나도 모르게 갈 것이다. 엄마는 여전히 차 안에 남아 있었고, 나는 개를 위해서 차를 멈춘 사람들 곁에 있었다. 우리 모두가 한 장소에 모여 있지는 않았다. 가까이 있던 세 사람은 검정색 터틀넥 스웨터를 입은 남자와 새빨간 옷을 입은 여자, 그리고 나였다. 나머지는 좀 멀리 떨어져 있었는데, 그들은 트럭 옆에 있던 아저씨, 이상하게도 자기 자전거 옆에 주저앉아 있던 남자였다. 내 곁에 있던 남자는 약간 늙고 투박한 사람이었다. 나는 그런 남자가 좋다. 그런 남자는 다정한 사람이 못 되기 때문에, 내게 일을 시킬 뿐 나를 거들떠보지도 않을 것이다. 누구도 나에게 손을 대게 해서는 안 된다. 내 근육 주위의 모든 것이 너무 못생기고 물렁물렁하다. 누군가가 나를 사랑한다면, 나를 모질게 대해야 할 것이다. 나를 굶기고, 저녁마다 나를 때려서 잠들게 해야 할 것이다. 매를 맞은 나는 아주 아름다워질 것이다. 얼굴은 푸른 멍투성이이고, 살은 단단해지고, 뼈만 앙상해질 것이다. 나는 잠잘 때 다리를 벌리고 잘 것이다. 그는 나를 능욕할 것이다. 매일 밤, 하룻밤에도 몇 차례씩 나를 강간할 것이다. 나는 아무것도 느끼지 못하겠지.

이따금, 나는 엄마와 함께 있을 때 나의 죽음을 상상한다. 그녀 앞에서 식사를 하거나 그녀와 함께 아우디를 타고 있을 때, 나는 아빠의 장례식에 참석했던 것처럼 나 자신의 장례식에 참석한다. 나의 장례식에서는 아무도 슬퍼하지 않고, 아무도 나를 아쉬워하지 않는다. 엄마조차도. 어쩌면 그녀는 만족할지도 모른다. 그녀에게는 나의 죽음이 사소한 문제일 테니까.

지금 나는 이 개가 죽었을 때를 상상하며 고속도로 변

의 한 짐승을 본다. 아무도 그를 걱정하지 않으며 샌드백에 불과한 그것에 관심이 없을 것이다. 나는 아빠의 아우디를 타고 전속력으로 그것에 접근할 것이다. 엄마는 여전히 지도에만 매달려 있을 것이 분명하다. 그러나 나는 운전대를 잡고 있으니까 내가 원하는 대로 할 수 있을 것이다. 따라서 나는 멈추고, 그녀는 운전을 싫어하기 때문에 소용도 없는 지도만 붙들고 그냥 차 안에 남아 있을 것이다. 엄마는 투덜거리며 나를 증오하겠지. 나는 죽은 개를 보고 싶어 할 것이다. '저 개는 길 잃은 개예요, 엄마. 주인이 죽어라고 찾아다니고 있을 거예요. 개 주인이 누구인지 알아내야겠어요' 하고 엄마에게 말하겠지. 그러면 엄마는 못마땅한 표정을 지으며 아니라고 할 거야. 저 개는 버려진 개이고, 이제 아무런 가치도 없는 뼈다귀에 불과하고, 아무도 그것을 찾아다니지 않을 것이고, 시체도 찾아가지 않을 거라고 말하겠지. 나는 더 이상 엄마의 말을 듣지 않고 길을 건널 거야. 어쩌면 나도 차에 치여 그 개와 같은 죽음을 맞이하게 될지도 모르지만. 시체에 다가가면 피를 보게 되겠지. 개 목걸이를 잡고 이름표를 확인하기 위해 접근해야 하는데 겁이 날 거야. 잠시 동안 나는 목걸이를 보기 위해 피투성이의 굳어버린 시체를 뒤집으러 갈 용기가 나지 않을 거야. 나 자신이 원망스러워지겠지. 그런데 엄마는 왜 개 주인이 개가 없어졌는데도 슬퍼하지 않을 거라고 생각하는 걸까. 그 말은 곧 내가 죽더라도 그녀는 슬퍼하지 않을 거라는 말이겠지. 그녀는 피 같은 것은 질색이기 때문에 냉정해지고 싶은 거야. 그녀는 아빠 때문에 피를 충분히 보았고, 더 이상 다른 사람의 피를 볼 생각은 없을 거야. 내 생각으로는, 개 주인이 개를 찾아 나설 것이고, 그 동물이 어떻게 되었는지를 모르고 있는 한 마음이 편치 못할 것 같았다. 달리는 자동차들의 소음 속에서, 나는 죽은 개를 향해 걸어가서, 개를 뒤집고 그 이름을 확인할 것이다. 이름은 안. 그 개는 암컷이며 이름은 나와 같다. 다시 시작하자. 안이 죽었다는 말이다. 누군가가 나타나서, 그 개는 세상에서 가장 매력적인 개, 영리하고 세련된 짐승이라고 내게 알려줄 것이다. 그는 울 것이고, 현실을 믿지 않으려 할 것이고, 안에 관해, 안의 죽음에 관해 책을 쓸 것이다.

지금으로서는 그 개가 아직 죽지 않았는지도 모른다. 그는 열심히 달리고 있었으니까! 갑자기, 그가 중앙분리지대를 따라가던 진로를 바꿔 몸을 틀더니 세 개의 차선을 가로질러서 우리에게 돌진해왔다. 그 개는 원진한 자세력을 잃지 않고 있는 것 같은 착각을 불러일으켰다. 다시 말해, 그것은 마치 어떤 초능력이 그에게 목숨을 잃지 않는 방법을 말해주고 있는 듯이, 자동차들 사이를 전속력으로 요리조리 피해 달리고 있었다. 나는 울부짖으면서, 내 바로 옆에서 그 개를 지켜보고 있던, 검정색 스웨터를 입은 남자의 팔을 나도 모르게 붙잡았다. 그 순간, 나는 자동차 운전자들의 사고 위험은 더 이상 생각하고 있지 않았다. 나는 개의 피와 고통만 두려웠다. 나는 개가 자동차에 치이는 것을 보고 싶지 않았지만, 두 눈을 똑바로 뜨고, 나의 순진무구한 눈, 짐승의 눈을 지켜보았다. 내 손이 아마도 그 낯선 사람의 팔을 으스러져라 잡았던 모양이다. 나의 난폭함이, 나의 폭력성이 남자의 팔 위에서 폭발했다. 우리 가까이에 있던 빨간색 레인코트의 여자는 신경질적으로 소리쳤다. "이리 와! 이리 와!" 개는 우리를 발견하자 갑자기 옆길로 들어서서, 고속도로 변을 따라 달리기 시작하더니, 트럭 운전사를 지나고 자전거 옆에 앉아 있는 남자를 지나쳐갔다. 트럭 운전사가 자전거

옮긴이의 말

쪽으로 몸을 기울이더니 젊은 남자가 일어났다가 다시 주저 앉는 것이 보였다. 개는 저주받은 영혼처럼 달렸고, 자동차 들이 경적을 울러댔다. 경사지의 잡목들은 그에게 구원의 신 호를 보냈고, 빨간색 레인코트의 여자는 계속해서 "이리 와! 이리 와!" 하고 외쳤지만, 그는 아무것도 보지 않았고, 우리 쪽으로 올 생각도 들판 쪽으로 달아날 생각도 없었던 것 같 다. 개는 지평선을 향해 계속 질주했다.

옆에 있던 남자는 선량한 표정으로 나를 바라보았다. 그 선의는 나를 향한 것이 아니었으며, 나도 모르게 그의 팔 을 붙잡고 있던 내 손을 향한 것도 아니었고, 그것은 아무도 필요로 하지 않는, 냉혹하고 초월적인 선의였다. 그는 "내가 전화하지"라고 말하고, 빠른 걸음으로 백여 미터 떨어진, 제 일 가까운 공중전화를 향해 걸어갔다. 빨간색 레인코트의 여자를 흘끗 보니 그녀는 마치 자신을 질식시키려는 듯이 두 팔을 엇갈려 자신의 가슴을 꼭 끌어안고 울고 있었다. 나는 그녀를 향해 몇 발자국을 옮겼지만, 곧 그녀는 나를 필요로 하지 않는다는 것을 깨달았다. 그녀는 누군가를 필요로 하 기에는 너무도 미인이었다. 그래서 나는 차로 돌아왔고, 엄마는 나에게 "별수 없잖아"라고 말했다. '가엾은 엄마'라는 생각이 들자 그 말에서 해방된 느낌이었다. 왜냐하면 단지 내가 그녀를 가엾게 여기기 위해서는 더 이상 그녀를 미워하지 않고 그녀와 싸우지 않아야 했기 때문이다. 숨을 헐떡이며 달리는 한 짐승의 모습과 함께 희망이 지평선 너머로 사라졌다고는 해도 할 일이 아직 고스란히 남아 있다는 것을 모르는 가엾은 엄마. 나는 그 개를 꼭 끌어안고 말한다. "자자, 안, 내가 너와 함께 있잖아, 너는 살아날 거야, 귀여운 녀석, 용감한 녀석." 불안한 표정으로 이야기하거나 구조를 모색하는 척하는 사람들 가운데에서, 나만, 오직 나만은 안을 내 가슴에 간직한다. 이제 나는 녀석과 마찬가지로 힘센 근육을 가지고 있다. 놀라운 본능이 나를 안내하고, 나는 그 개가 무사히 살아날 것을 알고 있다. 나는 울지 않는다. 나는 더 이상 약하지도 않고 벙어리도 아니다. 나는 강철 같은 근육을 가지고 있으며, 아무리 달려도 숨이 차지 않는 폐활량을 가지고 있고, 나를 지옥으로부터 구해낼 의지를 가지고 있다. 또한 인내심이 강해서 어떤 출구가 보일 때까지 달릴 수 있다. 나는 확고한 본능의 명령에 따라서 달리기 때문에 놀라움과 감탄을 불러일으키면서 고속도로를 벗어날 것이고 사람들은 소리 지를 것이다. 나의 달리는 동작은 아름다울 것이다. 긴 근육, 늘씬하고 긴 다리 근육, 영리하고 침착한 얼굴, 내재해 있는 조용한 힘. 내가 죽을 수도 있다는 것을 모르지 않지만, 나는 죽든 살든 변함없는 결심으로 달린다. 나는 내 주인, 내 생의 반려자를 찾아 달린다. 그는 나를 영원히 사랑하고, 나를 이해하고, 나를 찾아다니고, 아빠가 스핑크스의 자세로 앞으로 뻗은 길고 가느다란 두 팔로 만들어놓은 터널 속으로, 천국이든 지옥이든 어디에서건, 곧 들어올 것이다. 나의 질주는 모두를 놀라게 하고, 내가 비록 죽지 않는다 하더라도 한 남자의 시선을 끌게 될 것이다. 그렇게 용감하게 달린 후 고속도로 변에서 더 이상 움직이지 않는 나를 본 그는 내게 다가와 피에 대한 공포감을 무릅쓰고 나를 조심스럽게 뒤집어보고 내 이름이 '안'이라는 것을 알게 될 것이다. 그리고 그는 내가 그와 하나가 되기 위해 죽었다는 것을 알게 될 것이다.

　　어느 화창한 봄날, 어떤 버려진 개가 고속도로의 중앙

분리지대를 미친 듯이 달리고 있다. 그때 고속도로를 달리다

가 개의 질주에 놀라서 차에서 내려선 사람들이 있다. 이들

여섯 명의 증인은 자신의 지나간 삶 중 어떤 시기에 버림받

은 경험이 있는 사람들로, 그 개를 보는 순간 자신의 과거를

떠올리고 개에게서 자신의 모습을 발견한다.

　　"죽은 뒤 영혼이 다른 육체에 깃드는 것은 사실이다. 영

적으로는 아닐지 몰라도, 정신적으로는 그렇다. 우리의 인생

은 그런 부활의 연속일 뿐이다."

이 소설은 여섯 명의 증인 각각의 이야기인 여섯 개의 단편(혹은 여섯 개의 장이라고 해도 좋을 것이다)으로 구성되어 있으며, 고속도로에서 질주하는 개가 바로 이 여섯 편의 글을 연결해주는 고리가 된다.

『애정』이라는 잡지의 여기자와 인터뷰를 하러 가던 외로운 트럭 운전사, 좋아하던 여신도를 찾아헤매던 늙은 사제, 애인에게 작별을 고하기 위해 약속 장소로 가고 있던 여인, 일하던 과일가게에서 해고당하고 고속도로를 자전거로 질주하던 동성애자, 남편이 암으로 사망한 과부(그녀는 자신이 남편에게 '버림받았다'고 생각한다)와 그녀의 딸 안(욕구 불만을 먹는 것으로 해소하려 하기 때문에 비만이 심한 처녀다). 이들 모녀는 과부를 위한 자원봉사를 하는데, 고속도로에서 개를 본 그날도 어떤 과부의 집을 찾아가던 중이었다.

고속도로에 버려진 개와 죽음을 향한 질주, 그리고 그것을 지켜보는 사람들의 내면의 상처.

"누구에게도 다가갈 수 없는 고통스러운 고독과 엄청난 절망에서 벗어나는 유일한 출구는 죽음인 것 같다. 왜냐하면 우리는 아무도 그것을 해결할 수 없기 때문이다."

우리는 "사냥개 떼에게 쫓기는 토끼"처럼 질주하지만 사냥개 떼는 없다. 미친 듯이 죽음을 향해 달리고 있는 개에게서 우리의 모습을 본다.

용경식

개의 날

초판   1쇄 발행 2002년 12월 30일
개정판 1쇄 인쇄 2022년 6월 28일
개정판 1쇄 발행 2022년 7월 8일

지은이 카롤린 라마르슈
옮긴이 용경식
펴낸이 정중모
펴낸곳 도서출판 열림원

출판등록 1980년 5월 19일 (제406-2000-000204호)
주소 경기도 파주시 회동길 152
전화 031-955-0700
팩스 031-955-0661
홈페이지 www.yolimwon.com
이메일 editor@yolimwon.com
페이스북 /yolimwon
트위터 @yolimwon
인스타그램 @yolimwon

주간 김현정
편집 조혜영 황우정 최연서
디자인 강희철
마케팅 홍보 김선규 최가인
온라인사업 서명희
제작 관리 윤준수 이원희 고은정 원보람

표지·본문 디자인 석윤이

ISBN 979-11-7040-097-4 04860
ISBN 979-11-7040-064-6 (세트)